El corazón delator y otros relatos
The Tell-tale Heart and Other Stories

Edgar Allan Poe

The Tell-tale Heart and Other Stories

El corazón delator y otros relatos

Texto paralelo bilingüe
Bilingual edition

Ingles - Español
English - Spanish

texto en español, traducido del inglés por Joel Ramos

ROSETTA EDU

Título original de los relatos y primera publicación: «The Tell-tale Heart», 1843; «William Wilson», 1839; «The Gold-bug», 1843; «The Assignation», 1834.

Ilustración de tapa: «El corazón delator» («The Tell-Tale Heart»), por Harry Clarke, impreso en Edgar Allan Poe, *Cuentos de misterio e imaginación (Tales of Mystery and Imagination)*, 1923.

Rosetta Edu Ltd.
© 2025 para la traducción al español: Joel Ramos.

Primera edición: Junio, 2025.

Publicado por Rosetta Edu.
Londres, Junio, 2025.
www.rosettaedu.com

ISBN: 978-1-83647-121-9

Rosetta Edu
Ediciones bilingües

Páginas enfrentadas

Páginas enfrentadas con la traducción y texto de origen en libros impresos.

Párrafos alineados

Los párrafos alineados entre los dos idiomas facilitan la comparación y la comprensión, ahorrando la necesidad de referirse constantemente al diccionario.

Integridad y fidelidad

Traducciones íntegras, fieles y no abreviadas del texto de origen.

Cuidado del vocabulario

Traducciones especiales para ediciones bilingües, con especial cuidado por la hegemonía de vocabulario utilizando glosarios en el proceso de traducción.

Contexto educativo

Ediciones enfocadas a estudiantes intermedios y avanzados del idioma de origen o del español en libros coleccionables y aptos para el contexto educativo.

INDICE

True!—nervous—very, very dreadfully nervous I had been and am; but why will you say that I am mad? The disease had sharpened my senses—not destroyed—not dulled them. Above all was the sense of hearing acute. I heard all things in the heaven and in the earth. I heard many things in hell. How, then, am I mad? Hearken! and observe how healthily—how calmly I can tell you the whole story.

It is impossible to say how first the idea entered my brain; but once conceived, it haunted me day and night. Object there was none. Passion there was none. I loved the old man. He had never wronged me. He had never given me insult. For his gold I had no desire. I think it was his eye! yes, it was this! He had the eye of a vulture—a pale blue eye, with a film over it. Whenever it fell upon me, my blood ran cold; and so by degrees—very gradually—I made up my mind to take the life of the old man, and thus rid myself of the eye forever.

Now this is the point. You fancy me mad. Madmen know nothing. But you should have seen me. You should have seen how wisely I proceeded—with what caution—with what foresight—with what dissimulation I went to work! I was never kinder to the old man than during the whole week before I killed him. And every night, about midnight, I turned the latch of his door and opened it—oh, so gently! And then, when I had made an opening sufficient for my head, I put in a dark lantern, all closed, closed, that no light shone out, and then I thrust in my head. Oh, you would have laughed to see how cunningly I thrust it in! I moved it slowly—very, very slowly, so that I might not disturb the old man's sleep. It took me an hour to place my whole head within the opening so far that I could see him as he lay upon his bed. Ha!—would a madman have been so wise as this? And then, when my head was well in the room, I undid the lantern cautiously—oh, so cautiously—cautiously (for the hinges creaked)—I undid it just so much that a single thin ray fell upon the vulture eye. And this I did for seven long nights—every night just at midnight—but I found the eye always closed; and so it was impossible to do the work; for it was not the old man who vexed me, but his Evil Eye. And every

¡Es verdad! Cuan nervioso, terriblemente nervioso he estado y estoy; pero ¿por qué me llamarían loco? La enfermedad agudizó mis sentidos, no los destruyó ni los desafiló. Por sobre todas las cosas está el sentido del oído agudo. Oí todas las cosas en el cielo y en la tierra. Oí varias cosas en el infierno. ¿Cómo, entonces, puedo estar loco? ¡Atención! Observen la forma sana y calma en la que puedo contar toda la historia.

Es imposible definir cómo penetró por primera vez la idea en mi mente; pero una vez concebida me asechó día y noche. No había objetivo. No había pasión. Amaba al viejo. Nunca me lastimó. Nunca me insultó. No deseaba yo su oro. ¡Creo que fue su ojo! ¡Sí, eso fue! Tenía el ojo de un buitre, un ojo azul pálido, recubierto de opacidad. Cada vez que me observaba mi sangre se helaba; y de a poco, muy gradualmente, decidí asesinar al viejo y así librarme del ojo para siempre.

Este es el punto. Me creen loco. Los locos nada saben. Pero deberían haberme visto. Deberían haber visto cuán sabiamente procedí, con qué precaución, con qué previsión, con qué disimulo me esmeré. Nunca fui tan amable con el viejo como la semana que transcurrió antes de asesinarlo. Y cada noche, cerca de la medianoche, destrababa el pestillo de su puerta y la abría, pero muy suavemente. Y entonces, una vez que hubiera hecho espacio suficiente para mi cabeza, entraba una lámpara oscura, cerrada, bien cerrada, para que no brillara la luz, y entonces metía mi cabeza. ¡Oh, se habrían reído si hubieran visto con cuanto ingenio metía la cabeza! Me movía lentamente, muy, muy lentamente, para así no perturbar el sueño del viejo. Me llevó una hora meter la cabeza completa por la abertura lo suficiente para poder verlo acostado en su cama. ¡Ja! ¿Habría un loco sido tan precavido? Y entonces, cuando mi cabeza ya se encontraba dentro de la habitación, desarmaba la lámpara con cuidado —oh con muchísimo cuidado (ya que sus bisagras chirriaban)—, la desarmaba lo justo y necesario para que un único y tenue rayo de luz iluminara el ojo de buitre. Hice esto durante siete largas noches, cada noche a la medianoche, pero siempre encontré el ojo cerrado; por lo que era imposible conseguirlo; ya que no era el viejo quien me

morning, when the day broke, I went boldly into the chamber, and spoke courageously to him, calling him by name in a hearty tone, and inquiring how he has passed the night. So you see he would have been a very profound old man, indeed, to suspect that every night, just at twelve, I looked in upon him while he slept.

Upon the eighth night I was more than usually cautious in opening the door. A watch's minute hand moves more quickly than did mine. Never before that night had I felt the extent of my own powers—of my sagacity. I could scarcely contain my feelings of triumph. To think that there I was, opening the door, little by little, and he not even to dream of my secret deeds or thoughts. I fairly chuckled at the idea; and perhaps he heard me; for he moved on the bed suddenly, as if startled. Now you may think that I drew back—but no. His room was as black as pitch with the thick darkness, (for the shutters were close fastened, through fear of robbers,) and so I knew that he could not see the opening of the door, and I kept pushing it on steadily, steadily.

I had my head in, and was about to open the lantern, when my thumb slipped upon the tin fastening, and the old man sprang up in bed, crying out—"Who's there?"

I kept quite still and said nothing. For a whole hour I did not move a muscle, and in the meantime I did not hear him lie down. He was still sitting up in the bed listening;—just as I have done, night after night, hearkening to the death watches in the wall.

Presently I heard a slight groan, and I knew it was the groan of mortal terror. It was not a groan of pain or of grief—oh, no!—it was the low stifled sound that arises from the bottom of the soul when overcharged with awe. I knew the sound well. Many a night, just at midnight, when all the world slept, it has welled up from my own bosom, deepening, with its dreadful echo, the terrors that distracted me. I say I knew it well. I knew what the old man felt, and pitied him, although I chuckled at heart. I knew that he had been lying awake ever since the first slight noise, when he had turned in the bed. His fears had been ever since growing upon him. He had been trying to fancy them causeless, but could not. He had been saying

fastidiaba, sino su Ojo Maldito. Y cada mañana, al despuntar el alba, me acercaba confiado a sus aposentos y le hablaba con valor, llamándolo por su nombre y con tono cariñoso, y le preguntaba cómo había pasado la noche. Notarán que el viejo tendría que haber sido sin duda muy perspicaz para sospechar que cada noche, justo a las doce, le observaba mientras dormía.

Para la octava noche fui más cuidadoso de lo normal al abrir la puerta. El minutero de un reloj se mueve más rápido que lo que se movió mi mano. Nunca antes de esa noche había percibido el alcance de mis poderes, de mi sagacidad. Apenas podía contener las emociones de triunfo. Pensar que allí estaba, abriendo la puerta poco a poco, y que ni en sus sueños imaginaría mis pensamientos o actos secretos. La idea me causó una leve risa; que quizás oyó; ya que se movió de repente en la cama, como sobresaltado. Pensarán que retrocedí, pero no. Su habitación estaba sumida en una oscuridad completa (ya que los postigos estaban bien cerrados, por miedo a los ladrones), y supe entonces que no pudo haber visto la puerta abrirse, por lo que seguí abriéndola a paso lento pero firme.

Mi cabeza ya estaba dentro y estaba a punto de abrir la lámpara cuando mi pulgar resbalo sobre la traba y el viejo saltó de la cama al grito de: «¿quién anda ahí?».

Me quedé quieto y no dije nada. Por una hora no moví ni un músculo, y mientras tanto no lo pude oír acostarse. Todavía estaba sentado en la cama escuchando; como lo había hecho yo, noche tras noche, atento a los relojes de muerte en la pared.

Entonces oí un ligero quejido y supe que era el quejido de terror mortal. No era un quejido de dolor o de tristeza, ¡Oh, no! Era el sonido bajo y ahogado que surge del fondo del alma cuando está cargada de temor. Conocía bien el sonido. Cuántas noches, justo a la medianoche, cuando el mundo dormía, se levantó de mi propio pecho, agravando con su espantoso eco los terrores que me distraían. Digo que lo conocía bien. Sabía lo que sentía el viejo y lo compadecía, a pesar de reír en mi corazón. Sabía que había estado despierto desde el primer leve sonido, desde que se giró en su cama. Desde entonces sus miedos habían crecido dentro suyo. Había intentado pensar que no tenían una causa, pero no pudo. Se había repetido: «no es

to himself—"It is nothing but the wind in the chimney—it is only a mouse crossing the floor," or "It is merely a cricket which has made a single chirp." Yes, he had been trying to comfort himself with these suppositions: but he had found all in vain. All in vain; because Death, in approaching him had stalked with his black shadow before him, and enveloped the victim. And it was the mournful influence of the unperceived shadow that caused him to feel—although he neither saw nor heard—to feel the presence of my head within the room.

When I had waited a long time, very patiently, without hearing him lie down, I resolved to open a little—a very, very little crevice in the lantern. So I opened it—you cannot imagine how stealthily, stealthily—until, at length a simple dim ray, like the thread of the spider, shot from out the crevice and fell full upon the vulture eye.

It was open—wide, wide open—and I grew furious as I gazed upon it. I saw it with perfect distinctness—all a dull blue, with a hideous veil over it that chilled the very marrow in my bones; but I could see nothing else of the old man's face or person: for I had directed the ray as if by instinct, precisely upon the damned spot.

And have I not told you that what you mistake for madness is but over-acuteness of the sense?—now, I say, there came to my ears a low, dull, quick sound, such as a watch makes when enveloped in cotton. I knew that sound well, too. It was the beating of the old man's heart. It increased my fury, as the beating of a drum stimulates the soldier into courage.

But even yet I refrained and kept still. I scarcely breathed. I held the lantern motionless. I tried how steadily I could maintain the ray upon the eye. Meantime the hellish tattoo of the heart increased. It grew quicker and quicker, and louder and louder every instant. The old man's terror must have been extreme! It grew louder, I say, louder every moment!—do you mark me well? I have told you that I am nervous: so I am. And now at the dead hour of the night, amid the dreadful silence of that old house, so strange a noise as this excited me to uncontrollable terror. Yet, for some minutes longer I refrained and stood still. But the beating grew louder, louder! I thought the heart must burst. And now a new anxiety seized me—the sound would be heard by a neighbour!

más que el viento en la chimenea, solo es un ratón que camina por el piso» o «es solo un grillo que cantó una única vez». Sí, se había querido reconfortar con estas suposiciones, pero encontró que todo fue en vano. Todo en vano; ya que la Muerte, al acercársele lo había acechado con su sombra negra hasta envolverlo. Y fue el doloroso silencio de la sombra no percibida que lo llevó a sentir, aunque no la vio ni oyó, la presencia de mi cabeza en la habitación.

Tras esperar por un largo rato muy pacientemente sin oírlo acostarse, decidí abrir un poco —muy, muy poco— la lámpara. Así que la abrí —no pueden imaginar cuán sigilosamente— hasta que un simple y tenue rayo, como el hilo de una telaraña, iluminó desde la lámpara el ojo de buitre.

Estaba abierto, completamente abierto, y me enfurecí al observarlo. Lo veía con perfecta distinción, todo de color azul apagado, cubierto por un velo repugnante que me helaba hasta el mismo tuétano; pero no podía ver nada más del rostro o la persona del viejo, ya que había puesto el rayo como por instinto sobre ese maldito punto.

¿Y no les he dicho que lo que confunden por locura no es más que una sobreagudización de los sentidos? Ahora les digo, me llegó a los oídos un sonido bajo, sordo y veloz, como el que hace un reloj envuelto en algodón. También conocía bien aquel sonido. Era el latido del corazón del viejo. Hizo crecer mi furia, así como el resonar del tambor le otorga valor al soldado.

Pero incluso entonces me contuve y me quedé quieto. Apenas si respiraba. Mantuve la lámpara quieta. Probé cuan firme podía mantener el rayo de luz sobre el ojo. Mientras, el infernal tuntún de su corazón crecía. Se volvió más y más rápido, y más y más fuerte con cada instante. ¡El terror del viejo debe haber sido extremo! ¡Les digo, se volvía más y más fuerte a cada momento! ¿Me siguen? Les he dicho que soy alguien nervioso, eso sí que soy. Y ahora en la penumbra de la noche, entre el horroroso silencio de aquella vieja casa, un sonido así de extraño me provocaba un terror incontrolable. Sin embargo, durante unos minutos más me contuve y me quedé quieto. ¡Pero el latido se volvía cada vez más fuerte! Creí que el corazón estaba por explotar. Y ahora me alcanzó una nueva ansiedad, ¡algún

The old man's hour had come! With a loud yell, I threw open the lantern and leaped into the room. He shrieked once—once only. In an instant I dragged him to the floor, and pulled the heavy bed over him. I then smiled gaily, to find the deed so far done. But, for many minutes, the heart beat on with a muffled sound. This, however, did not vex me; it would not be heard through the wall. At length it ceased. The old man was dead. I removed the bed and examined the corpse. Yes, he was stone, stone dead. I placed my hand upon the heart and held it there many minutes. There was no pulsation. He was stone dead. His eye would trouble me no more.

If still you think me mad, you will think so no longer when I describe the wise precautions I took for the concealment of the body. The night waned, and I worked hastily, but in silence. First of all I dismembered the corpse. I cut off the head and the arms and the legs.

I then took up three planks from the flooring of the chamber, and deposited all between the scantlings. I then replaced the boards so cleverly, so cunningly, that no human eye—not even his—could have detected any thing wrong. There was nothing to wash out—no stain of any kind—no blood-spot whatever. I had been too wary for that. A tub had caught all—ha! ha!

When I had made an end of these labors, it was four o'clock—still dark as midnight. As the bell sounded the hour, there came a knocking at the street door. I went down to open it with a light heart,—for what had I now to fear? There entered three men, who introduced themselves, with perfect suavity, as officers of the police. A shriek had been heard by a neighbour during the night; suspicion of foul play had been aroused; information had been lodged at the police office, and they (the officers) had been deputed to search the premises.

I smiled,—for what had I to fear? I bade the gentlemen welcome. The shriek, I said, was my own in a dream. The old man, I mentioned, was absent in the country. I took my visitors all over the house. I bade them search—search well. I led them, at length, to his chamber. I showed them his treasures, secure, undisturbed. In the enthusiasm

vecino podría oír aquel latido! Al viejo le había llegado la hora. Con un grito fuerte abrí la lámpara y me abrí paso en la habitación. Chilló una vez, una sola vez. En un instante lo arrastré al suelo y tiré la pesada cama sobre él. Sonreí gozoso al descubrir que ya estaba hecho. Pero durante varios minutos el corazón siguió latiendo con un sonido apagado. Esto, sin embargo, no me molestó; no se podría oír a través de la pared. Tras un rato cesó. El viejo estaba muerto. Quité la cama y examiné el cadáver. En efecto, estaba petrificado, petrificado hasta la muerte. Puse mi mano sobre su corazón y la mantuve allí durante varios minutos. No había pulso. Estaba muerto. Su ojo no me perturbaría más.

Si aún me creen loco no lo harán más cuando les describa las sabias precauciones que tomé para ocultar el cuerpo. La noche se desvanecía y trabajé con velocidad, pero en silencio. Lo primero que hice fue desmembrar el cuerpo. Corté la cabeza, los brazos y las piernas.

Levanté entonces tres tablas del suelo de la habitación y deposité todo entre las vigas. Remplacé las tablas con tanto ingenio y astucia que ningún ojo humano, ni siquiera el suyo, podría haber detectado algo fuera de lugar. No había nada que limpiar, ninguna mancha de ningún tipo, ningún rastro de sangre. Había sido demasiado precavido, la bañera lo recibió todo. ¡Ja, ja!

Una vez que terminé con mis quehaceres eran las cuatro en punto, todavía tan oscuro como a la medianoche. Al sonar la campana sonó también un golpe en la puerta que daba a la calle. Bajé a abrirla con el corazón tranquilo, ¿qué podía temer? Entraron tres hombres que se presentaron, con perfecta cortesía, como oficiales de la policía. Un vecino había oído un chillido durante la noche y le generó sospechas de que algún mal había ocurrido; se recogió la información en las oficinas policiales y ellos (los oficiales) habían sido encargados con la tarea de registrar el recinto.

Sonreí, ¿qué podía temer? Les di la bienvenida a los caballeros. El chillido, dije, fue el mío durante un sueño. El viejo, mencioné, se encontraba en el campo. Llevé a mis visitas por toda la casa. Les permití buscar y rebuscar. Los guié, al final, hasta su habitación. Les mostré sus tesoros, seguro y despreocupado. En el entusiasmo de

of my confidence, I brought chairs into the room, and desired them here to rest from their fatigues, while I myself, in the wild audacity of my perfect triumph, placed my own seat upon the very spot beneath which reposed the corpse of the victim.

The officers were satisfied. My manner had convinced them. I was singularly at ease. They sat, and while I answered cheerily, they chatted of familiar things. But, ere long, I felt myself getting pale and wished them gone. My head ached, and I fancied a ringing in my ears: but still they sat and still chatted. The ringing became more distinct:—it continued and became more distinct: I talked more freely to get rid of the feeling: but it continued and gained definiteness—until, at length, I found that the noise was not within my ears.

No doubt I now grew *very* pale;—but I talked more fluently, and with a heightened voice. Yet the sound increased—and what could I do? It was a low, dull, quick sound—much such a sound as a watch makes when enveloped in cotton. I gasped for breath—and yet the officers heard it not. I talked more quickly—more vehemently; but the noise steadily increased. I arose and argued about trifles, in a high key and with violent gesticulations; but the noise steadily increased. Why would they not be gone? I paced the floor to and fro with heavy strides, as if excited to fury by the observations of the men—but the noise steadily increased. Oh God! what could I do? I foamed—I raved—I swore! I swung the chair upon which I had been sitting, and grated it upon the boards, but the noise arose over all and continually increased. It grew louder—louder—louder! And still the men chatted pleasantly, and smiled. Was it possible they heard not? Almighty God!—no, no! They heard!—they suspected!—they knew!—they were making a mockery of my horror!—this I thought, and this I think. But anything was better than this agony! Anything was more tolerable than this derision! I could bear those hypocritical smiles no longer! I felt that I must scream or die! and now—again!—hark! louder! louder! louder! *louder!*

"Villains!" I shrieked, "dissemble no more! I admit the deed!—tear up the planks!—here, here!—It is the beating of his hideous heart!"

mi confianza traje sillas hasta la habitación y les insté a descansar de sus fatigas, mientras que yo mismo, con la audacia salvaje de mi perfecto triunfo, coloqué mi propia silla sobre el punto exacto en el que descansaban los restos de la víctima.

Los oficiales estaban satisfechos. Mi comportamiento los convenció. Me sentí particularmente en calma. Se sentaron y mientras yo respondía con agrado, charlaron de cosas familiares. Pero tras un rato, comencé a sentir cómo empalidecía y deseé que se fueran. Me dolía la cabeza y sentía un campanilleo en mis oídos, pero todavía charlaban sentados. Hablé con más soltura para librarme de la sensación, pero esta persistió y se volvió más definida, hasta que al fin descubrí que el sonido no estaba en mis oídos.

Sin duda empalidecí *muchísimo*; pero hablé más fluido y subí el tono de voz. Aun así, el sonido crecía ¿y qué podía hacer? Era un sonido bajo, sordo y veloz, muy similar al sonido que hace un reloj envuelto en algodón. Comencé a jadear en busca de aire pero ni así los oficiales podían oírlo. Hablaba cada vez más rápido y con mayor vehemencia; pero el sonido seguía creciendo. Me levanté y debatí sobre nimiedades, en un tono alto y con gesticulación violenta; pero el sonido seguía creciendo. ¿Por qué no se iban? Mis pasos atravesaron el suelo de aquí a allá con zancadas pesadas, como enfurecidos por las observaciones de los hombres, pero el sonido seguía creciendo. ¡Oh, Dios! ¿Qué podía hacer? Eché espuma por la boca, deliré, maldije. Balanceé la silla sobre la que había estado sentado y la restregué sobre los tablones, pero el sonido creció y siguió creciendo. ¡Se volvía cada vez más fuerte, más y más fuerte! Y los hombres todavía charlaban agradablemente y sonreían. ¿Era posible que no lo oyeran? ¡Dios todopoderoso! ¡No, no! ¡Lo oían! ¡Sospechaban! ¡Lo sabían! ¡Se burlaban de mi horror! Esto pensaba y esto pienso. ¡Pero cualquier cosa era mejor que esta agonía! ¡Cualquier cosa era más soportable que este escarmiento! ¡Ya no podía aguantar aquellas sonrisas hipócritas! Sentí que debía gritar o morir. Y ahora, de nuevo. ¡Presten atención! ¡Más fuerte! ¡Más fuerte! ¡Más fuerte! *¡Más fuerte!*

—¡Villanos! —chillé—. ¡Ya no puedo disimular! ¡Lo admito! ¡Levanten las tablas! ¡Aquí, aquí! ¡Aquí está el latido de su horrendo corazón!

WILLIAM WILSON

Let me call myself, for the present, William Wilson. The fair page now lying before me need not be sullied with my real appellation. This has been already too much an object for the scorn—for the horror—for the detestation of my race. To the uttermost regions of the globe have not the indignant winds bruited its unparalleled infamy? Oh, outcast of all outcasts most abandoned!—to the earth art thou not forever dead? to its honors, to its flowers, to its golden aspirations?—and a cloud, dense, dismal, and limitless, does it not hang eternally between thy hopes and heaven?

I would not, if I could, here or to-day, embody a record of my later years of unspeakable misery, and unpardonable crime. This epoch—these later years—took unto themselves a sudden elevation in turpitude, whose origin alone it is my present purpose to assign. Men usually grow base by degrees. From me, in an instant, all virtue dropped bodily as a mantle. From comparatively trivial wickedness I passed, with the stride of a giant, into more than the enormities of an Elah-Gabalus. What chance—what one event brought this evil thing to pass, bear with me while I relate. Death approaches; and the shadow which foreruns him has thrown a softening influence over my spirit. I long, in passing through the dim valley, for the sympathy—I had nearly said for the pity—of my fellow men. I would fain have them believe that I have been, in some measure, the slave of circumstances beyond human control. I would wish them to seek out for me, in the details I am about to give, some little oasis of fatality amid a wilderness of error. I would have them allow—what they cannot refrain from allowing—that, although temptation may have erewhile existed as great, man was never thus, at least, tempted before—certainly, never thus fell. And is it therefore that he has never thus suffered? Have I not indeed been living in a dream? And am I not now dying a victim to the horror and the mystery of the wildest of all sublunary visions?

WILLIAM WILSON

Permítanme llamarme, por ahora, William Wilson. No es necesario manchar esta página blanca que tengo ante mí con mi nombre real. Ya ha sido objeto de suficiente desprecio, suficiente horror, suficiente odio de mi linaje. ¿No han esparcido su infamia sin igual los vientos indignantes por todos los confines del globo? ¡Oh, el más abandonado y marginado de todos! ¿Acaso no estás muerto para siempre para la tierra? ¿Para sus honores, para sus flores, para sus aspiraciones doradas? ¿No flota eternamente una nube densa, desoladora e infinita entre tus esperanzas y el cielo?

No quisiera, aunque pudiera, registrar hoy y aquí mis últimos y miserables años de crímenes imperdonables. Esta época, estos últimos años, escalaron una elevación repentina en la depravación, cuyo origen es mi propósito recapitular. El hombre suele volverse vil gradualmente. En mi caso, toda la virtud se desprendió de mí en un instante como un manto. Atravesé desde una maldad que en comparación era banal, con pasos de gigante, hasta atrocidades mayores que las de Elagabalus. Para conocer la circunstancia, el evento que trajo consigo esta maldad, tendrán que acompañarme en mi relato. La muerte acecha; y la sombra que es su heraldo influencia y socava mi espíritu. Añoro, mientras atravieso el valle oscuro, la simpatía —casi podría decir la lástima— de mis semejantes. Hubiera querido que me creyeran, en cierta medida, esclavo de circunstancias ajenas al control humano. Hubiera deseado que buscaran para mí, en los detalles que voy a dar, algún pequeño oasis de fatalidad entre un desierto de errores. Quisiera que reconocieran lo que no pueden dejar de reconocer, que, aunque la tentación que haya existido fuera grande, ningún hombre fue tentado así antes y, por cierto, nunca cayó así. ¿Será, entonces, que nunca sufrió así? ¿No he estado viviendo en un sueño? ¿No me muero ahora como víctima del horror y el misterio de las más salvajes visiones terrenales?

I am the descendant of a race whose imaginative and easily excitable temperament has at all times rendered them remarkable; and, in my earliest infancy, I gave evidence of having fully inherited the family character. As I advanced in years it was more strongly developed; becoming, for many reasons, a cause of serious disquietude to my friends, and of positive injury to myself. I grew self-willed, addicted to the wildest caprices, and a prey to the most ungovernable passions. Weak-minded, and beset with constitutional infirmities akin to my own, my parents could do but little to check the evil propensities which distinguished me. Some feeble and ill-directed efforts resulted in complete failure on their part, and, of course, in total triumph on mine. Thenceforward my voice was a household law; and at an age when few children have abandoned their leading-strings, I was left to the guidance of my own will, and became, in all but name, the master of my own actions.

My earliest recollections of a school-life, are connected with a large, rambling, Elizabethan house, in a misty-looking village of England, where were a vast number of gigantic and gnarled trees, and where all the houses were excessively ancient. In truth, it was a dream-like and spirit-soothing place, that venerable old town. At this moment, in fancy, I feel the refreshing chilliness of its deeply-shadowed avenues, inhale the fragrance of its thousand shrubberies, and thrill anew with undefinable delight, at the deep hollow note of the church-bell, breaking, each hour, with sullen and sudden roar, upon the stillness of the dusky atmosphere in which the fretted Gothic steeple lay imbedded and asleep.

It gives me, perhaps, as much of pleasure as I can now in any manner experience, to dwell upon minute recollections of the school and its concerns. Steeped in misery as I am—misery, alas! only too real—I shall be pardoned for seeking relief, however slight and temporary, in the weakness of a few rambling details. These, moreover, utterly trivial, and even ridiculous in themselves, assume, to my fancy, adventitious importance, as connected with a period and a locality when and where I recognise the first ambiguous monitions of the destiny which afterwards so fully

Soy descendiente de una raza cuyo temperamento imaginativo y fácil de provocar los ha hecho siempre destacar; y, en mis primeros años, demostré haber heredado todo el carácter familiar. Mientras avanzaba en edad este se desarrolló con más fuerza; lo que lo transformó, por muchas razones, en una causa de serios desacuerdos con mis amigos y verdadero perjuicio para mí mismo. Me convertí en alguien testarudo, adicto a mis caprichos salvajes y presa de las pasiones más incontrolables. Débiles de espíritu y rodeados de flaquezas similares a las mías, mis padres no podían hacer mucho para controlar la vil propensión que me distinguía. Algunos esfuerzos tímidos y torpes resultaron ser fracasos rotundos por su parte y, por supuesto, triunfos totales por la mía. Desde entonces mi voz se volvió la ley de la casa; y en una edad para la que pocos niños dejan de ser guiados por la mano de sus padres, fui dejado a la vera de mi propia voluntad, lo que me convirtió, en la práctica, en el amo de mis propias acciones.

Mis primeros recuerdos de una vida escolar están conectados a una gran casa laberíntica de arquitectura isabelina, ubicada en una brumosa aldea de Inglaterra, con un vasto número de árboles gigantescos y nudosos, y donde todas las casas eran excesivamente antiguas. Aquel venerable y antiguo pueblo era en verdad un lugar de apariencia onírica y que calmaba el espíritu. Siento en este momento, en mi imaginación, el frío reconfortante de sus avenidas profundamente sombreadas, inhalo la fragancia de sus miles de arbustos y me emociono y deleito otra vez, más allá de lo que puedo explicar, con la nota profunda y hueca de la campana de la iglesia, que cada hora irrumpe, con un rugido hosco y repentino, en la paz de la atmósfera vespertina en la que descansaba dormido el calado campanario gótico.

Me da, tal vez, tanto placer como me es posible experimentar en cualquier forma, revivir pequeños recuerdos de la escuela y sus asuntos. Inmerso en la miseria como estoy —¡miseria!, lamentablemente, demasiado real—, me será permitido buscar alivio, aunque sea leve y temporal, en la debilidad de algunos detalles vagos. Estos, triviales y hasta ridículos, ocupan en mi imaginación una importancia accidental, conectada con un periodo y lugar en los que reconozco las primeras ambigüedades del destino que más tarde me opacaría por completo. Permítanme recordarlas.

overshadowed me. Let me then remember.

The house, I have said, was old and irregular. The grounds were extensive, and a high and solid brick wall, topped with a bed of mortar and broken glass, encompassed the whole. This prison-like rampart formed the limit of our domain; beyond it we saw but thrice a week—once every Saturday afternoon, when, attended by two ushers, we were permitted to take brief walks in a body through some of the neighbouring fields—and twice during Sunday, when we were paraded in the same formal manner to the morning and evening service in the one church of the village. Of this church the principal of our school was pastor. With how deep a spirit of wonder and perplexity was I wont to regard him from our remote pew in the gallery, as, with step solemn and slow, he ascended the pulpit! This reverend man, with countenance so demurely benign, with robes so glossy and so clerically flowing, with wig so minutely powdered, so rigid and so vast,—-could this be he who, of late, with sour visage, and in snuffy habiliments, administered, ferule in hand, the Draconian laws of the academy? Oh, gigantic paradox, too utterly monstrous for solution!

At an angle of the ponderous wall frowned a more ponderous gate. It was riveted and studded with iron bolts, and surmounted with jagged iron spikes. What impressions of deep awe did it inspire! It was never opened save for the three periodical egressions and ingressions already mentioned; then, in every creak of its mighty hinges, we found a plenitude of mystery—a world of matter for solemn remark, or for more solemn meditation.

The extensive enclosure was irregular in form, having many capacious recesses. Of these, three or four of the largest constituted the play-ground. It was level, and covered with fine hard gravel. I well remember it had no trees, nor benches, nor anything similar within it. Of course it was in the rear of the house. In front lay a small parterre, planted with box and other shrubs, but through this sacred division we passed only upon rare occasions indeed—such as a first advent to school or final departure thence, or perhaps, when a parent or friend having called for us, we joyfully took our way home for the Christmas or

La casa, como he dicho, era antigua e irregular. El extenso terreno estaba rodeado por un alto tapial de ladrillo sólido, con argamasa y vidrio en la parte superior. El muro, similar al de una prisión, delimitaba nuestro dominio; solo veíamos más allá de este tres veces por semana: todos los sábados por la tarde, cuando, acompañados por dos preceptores, se nos permitía dar breves paseos grupales por algunos de los campos vecinos, y dos veces los domingos, en los que visitábamos como cumplimiento formal los servicios matutinos y vespertinos de la única iglesia de la aldea. El director de nuestra escuela era el pastor de esta. ¡Con cuán profundo espíritu de admiración y perplejidad solía mirarlo desde nuestro banco lejano cuando, con paso lento y solemne, ascendía al púlpito! Aquel reverendo, de semblante tan benigno, con togas tan brillantes y clericales, su peluquín tan cuidado, tan rígido e inmenso, ¿sería este el mismo quien, no tanto antes, con mirada agria y vestiduras empolvadas administraba, con mano dura, las leyes draconianas de la academia? ¡Oh, cuán gran paradoja, demasiado monstruosa para hallarle solución!

Detrás de una esquina del muro macizo asomaba una puerta aún más imponente, remachada y tachonada con pernos de hierro y encabezada por púas puntiagudas de hierro. ¡Cuán profundo asombro nos transmitía! Nunca se abría salvo por las tres salidas e ingresos periódicos ya mencionados; era entonces, con cada chirrido de sus poderosas bisagras, que hallábamos tanto misterio: un mundo cuyas cosas ameritaban ser observadas, o incluso meditadas con solemnidad.

El extenso recinto tenía una forma irregular, con varios espacios vacíos. De estos, tres o cuatro de los más grandes constituían el patio de juegos. Este patio era llano y estaba cubierto con gravilla fina y dura. Recuerdo bien que no había árboles ni bancos ni nada similar en él. Por supuesto que se encontraba en la parte trasera de la casa. En el frente había un pequeño cantero, con bojes y otros arbustos, pero solo atravesábamos esta sección sagrada en contadas ocasiones, como la primera llegada a la escuela o la última salida, o tal vez, cuando algún padre o amigo nos buscaba, al partir gozosos a nuestros hogares en las vacaciones de verano o de Navidad.

Midsummer holidays.

But the house!—how quaint an old building was this!—to me how veritably a palace of enchantment! There was really no end to its windings—to its incomprehensible subdivisions. It was difficult, at any given time, to say with certainty upon which of its two stories one happened to be. From each room to every other there were sure to be found three or four steps either in ascent or descent. Then the lateral branches were innumerable—inconceivable— and so returning in upon themselves, that our most exact ideas in regard to the whole mansion were not very far different from those with which we pondered upon infinity. During the five years of my residence here, I was never able to ascertain with precision, in what remote locality lay the little sleeping apartment assigned to myself and some eighteen or twenty other scholars.

The school-room was the largest in the house—I could not help thinking, in the world. It was very long, narrow, and dismally low, with pointed Gothic windows and a ceiling of oak. In a remote and terror-inspiring angle was a square enclosure of eight or ten feet, comprising the sanctum, "during hours," of our principal, the Reverend Dr. Bransby. It was a solid structure, with massy door, sooner than open which in the absence of the "Dominie," we would all have willingly perished by the *peine forte et dure*. In other angles were two other similar boxes, far less reverenced, indeed, but still greatly matters of awe. One of these was the pulpit of the "classical" usher, one of the "English and mathematical." Interspersed about the room, crossing and recrossing in endless irregularity, were innumerable benches and desks, black, ancient, and time-worn, piled desperately with much-bethumbed books, and so beseamed with initial letters, names at full length, grotesque figures, and other multiplied efforts of the knife, as to have entirely lost what little of original form might have been their portion in days long departed. A huge bucket with water stood at one extremity of the room, and a clock of stupendous dimensions at the other.

Encompassed by the massy walls of this venerable academy, I passed, yet not in tedium or disgust, the years of the third lustrum of my life. The teeming brain of childhood requires no external world of incident to occupy or amuse it; and the apparently dismal

¡Oh, pero la casa! ¡Cuán pintoresco era el antiguo edificio! ¡Qué auténtico palacio de encanto era para mí! Realmente sus recovecos no tenían fin, ni tampoco sus incomprensibles subdivisiones. Era siempre difícil saber con certeza si uno se encontraba en la planta baja o el primer piso. Desde cada habitación se podían encontrar tres o cuatro escalones, ya sea hacia arriba o hacia abajo. También las ramas laterales eran innumerables, inconcebibles, y tan replegadas sobre sí mismas que nuestras ideas sobre la mansión no eran tan diferentes de aquellas con las que contemplábamos el infinito. Durante los cinco años en los que residí allí nunca fui capaz de determinar con exactitud en qué remota ubicación se encontraba el pequeño aposento que me fue asignado junto con otros dieciocho o veinte estudiantes.

El salón escolar era el más amplio de la casa; yo no podía evitar pensar que era también el más amplio del mundo. Era largo, estrecho y sombríamente bajo, con ventanas góticas en punta y un cielorraso de roble. En una esquina remota y terrorífica había un recinto cuadrado de unos dos o tres metros donde se encontraba el sanctasanctórum de nuestro director, el reverendo y doctor Bransby. Era una estructura sólida, con una puerta maciza, que antes que abrirla en ausencia del reverendo preferíamos perecer ante la *peine forte et dure*. En otras esquinas había dos casillas similares, menos reverenciadas, por cierto, pero aun así respetadas. Una de estas era el púlpito para la clase de «clásicos», y la otra el de «inglés y matemáticas». Dispersos en la habitación, cruzados y entrecruzados con irregularidad, había innumerables bancos y escritorios, negros, antiguos y corroídos; con pilas desesperadas de libros desgastados, y tan llenos de iniciales, nombres, dibujos grotescos y otros varios esfuerzos de la cuchilla, que habían perdido por completo la forma original que tuvieron en sus primeros días. En una punta del salón se podía encontrar un balde de agua y en la otra un enorme reloj.

Entre las paredes macizas de esta venerable academia transcurrieron, aunque sin disgusto ni tedio, los años del tercer lustro de mi vida. La mente rebosante de la niñez no requiere de los incidentes del mundo exterior para ocuparse o sorprenderse; y la mono-

monotony of a school was replete with more intense excitement than my riper youth has derived from luxury, or my full manhood from crime. Yet I must believe that my first mental development had in it much of the uncommon—even much of the *outré*. Upon mankind at large the events of very early existence rarely leave in mature age any definite impression. All is gray shadow—a weak and irregular remembrance—an indistinct regathering of feeble pleasures and phantasmagoric pains. With me this is not so. In childhood I must have felt with the energy of a man what I now find stamped upon memory in lines as vivid, as deep, and as durable as the *exergues* of the Carthaginian medals.

Yet in fact—in the fact of the world's view—how little was there to remember! The morning's awakening, the nightly summons to bed; the connings, the recitations; the periodical half-holidays, and perambulations; the play-ground, with its broils, its pastimes, its intrigues;—these, by a mental sorcery long forgotten, were made to involve a wilderness of sensation, a world of rich incident, an universe of varied emotion, of excitement the most passionate and spirit-stirring. *"Oh, le bon temps, que ce siècle de fer !"*

In truth, the ardor, the enthusiasm, and the imperiousness of my disposition, soon rendered me a marked character among my schoolmates, and by slow, but natural gradations, gave me an ascendancy over all not greatly older than myself;—over all with a single exception. This exception was found in the person of a scholar, who, although no relation, bore the same Christian and surname as myself;—a circumstance, in fact, little remarkable; for, notwithstanding a noble descent, mine was one of those everyday appellations which seem, by prescriptive right, to have been, time out of mind, the common property of the mob. In this narrative I have therefore designated myself as William Wilson,—a fictitious title not very dissimilar to the real. My namesake alone, of those who in school phraseology constituted "our set," presumed to compete with me in the studies of the class—in the sports and broils of the play-ground—to refuse implicit belief in my assertions, and submission to my will—indeed, to interfere with my arbitrary dictation in any respect whatsoever. If there is on earth a supreme and unqualified despotism, it is the despotism

tonía aparentemente lúgubre de una escuela estaba repleta de una emoción más intensa que la que conseguí en mi inmadura juventud mediante los lujos, o durante mi adultez mediante el crimen. Aun así, creo que mi primer desarrollo mental tuvo una gran cuota de extrañeza, incluso de exageración. El grueso de los hombres no suele recordar con total definición los eventos de la infancia temprana. Todo es una sombra gris, un recuerdo vago e irregular, una recolección indistinta de placeres débiles y dolores fantasmagóricos. En mi caso no es así. En la niñez debo de haber experimentado con la energía de un hombre lo que ahora hallo estampado en mi memoria con imágenes tan vívidas, profundas y duraderas como las inscripciones de las medallas cartaginesas.

Sin embargo, para los ojos del mundo, ¡cuán poco hay para recordar! El despertar matutino, los llamados vespertinos para dormir; el estudio, las recitaciones; las periódicas vacaciones a medias y los paseos; el patio de juegos, con sus disputas, sus pasatiempos y sus intrigas; estos recuerdos, mediante un hechizo mental ya olvidado, contenían una sensación salvaje, un mundo de incidentes vívidos, un universo de sentimientos variados y de emoción apasionada que agitaban el espíritu. *«Oh, le bon temps, que ce siècle de fer !»*

El ardor, el entusiasmo, y mi ineludible disposición pronto me convirtieron en un personaje destacado entre mis compañeros, y mediante gradaciones lentas pero naturales me hicieron ascender entre todos los que no eran mucho mayores que yo, excepto por uno. Esta excepción se encontraba en un alumno que, aunque sin parentesco, compartía mi nombre y apellido; una circunstancia que, de hecho, no era tan destacable; ya que, a pesar de tener una ascendencia noble, mi apellido era uno de aquellos que, por derecho colectivo, pertenecen desde tiempos inmemoriales a la plebe. Decidí entonces designar para mí en esta narrativa el nombre de William Wilson, un nombre ficticio no muy diferente al real. Únicamente mi tocayo, quien pertenecía a lo que en la fraseología escolar se lo conoce como «nuestro grupo», se atrevía a competir conmigo en los estudios, en los deportes y las querellas del patio, a rehusarse a creer a ciegas en mis afirmaciones y someterse a mi voluntad; en definitiva, a interferir de cualquier forma en mis dictados arbitrarios. Si hay en la tierra un despotismo supremo y absoluto es el de una mente maestra en la infancia sobre los espíritus menos enérgicos de sus pares.

of a master-mind in boyhood over the less energetic spirits of its companions.

Wilson's rebellion was to me a source of the greatest embarrassment; the more so as, in spite of the bravado with which in public I made a point of treating him and his pretensions, I secretly felt that I feared him, and could not help thinking the equality which he maintained so easily with myself, a proof of his true superiority; since not to be overcome cost me a perpetual struggle. Yet this superiority—even this equality—was in truth acknowledged by no one but myself; our associates, by some unaccountable blindness, seemed not even to suspect it. Indeed, his competition, his resistance, and especially his impertinent and dogged interference with my purposes, were not more pointed than private. He appeared to be destitute alike of the ambition which urged, and of the passionate energy of mind which enabled me to excel. In his rivalry he might have been supposed actuated solely by a whimsical desire to thwart, astonish, or mortify myself; although there were times when I could not help observing, with a feeling made up of wonder, abasement, and pique, that he mingled with his injuries, his insults, or his contradictions, a certain most inappropriate, and assuredly most unwelcome affectionateness of manner. I could only conceive this singular behavior to arise from a consummate self-conceit assuming the vulgar airs of patronage and protection.

Perhaps it was this latter trait in Wilson's conduct, conjoined with our identity of name, and the mere accident of our having entered the school upon the same day, which set afloat the notion that we were brothers, among the senior classes in the academy. These do not usually inquire with much strictness into the affairs of their juniors. I have before said, or should have said, that Wilson was not, in the most remote degree, connected with my family. But assuredly if we had been brothers we must have been twins; for, after leaving Dr. Bransby's, I casually learned that my namesake was born on the nineteenth of January, 1813—and this is a somewhat remarkable coincidence; for the day is precisely that of my own nativity.

It may seem strange that in spite of the continual anxiety

La rebelión de Wilson fue para mí fuente de la mayor vergüenza; en especial porque, a pesar de empeñarme en tratarlo como bravucón en público, me sentía en secreto intimidado por él y no podía evitar pensar que la igualdad con la que se manejaba conmigo era prueba de su verdadera superioridad; ya que no ser superado me presentaba una lucha perpetua. Sin embargo, esta superioridad, incluso esta igualdad, nadie la reconocía salvo por mí; nuestros compañeros, aparentemente ciegos, no parecían sospecharla. En efecto, su competencia, su resistencia y en especial su impertinencia y obstinada interferencia en mis propósitos, eran tan marcadas como privadas. No parecía poseer ni la ambición ni la apasionada energía mental que me permitían sobresalir. En su rivalidad se puede suponer que actuaba únicamente por un capricho de frustrarme, asombrarme o mortificarme; aunque hubo veces en las que no pude evitar observar, con una sensación compuesta de asombro, humillación y despecho, que con sus injurias, insultos o contradicciones pretendía demostrar, por supuesto de forma inapropiada y no bienvenida, una especie de aprecio. Solo podía concebir este comportamiento inusual como producto de un concepto propio consumado, que adoptaba aires vulgares de condescendencia y protección.

Quizás fue este último rasgo de la conducta de Wilson, sumado al nombre compartido y el hecho accidental de haber ingresado a la escuela el mismo día, el que afloró la idea de que éramos hermanos entre los alumnos mayores de la academia. No es común que estos se entrometan con tanto escrutinio en los asuntos de los menores. He mencionado, o debo haberlo hecho, que Wilson no tenía ningún parentesco, por más remoto que fuera, con mi familia. Pero sin duda, de haber sido hermanos debíamos ser mellizos; ya que, tras abandonar la academia del doctor Bransby, supe por casualidad que mi tocayo era nacido el diecinueve de enero de 1813, extraordinaria coincidencia; precisamente el mismo día de mi nacimiento.

Puede parecer extraño que a pesar de la ansiedad continua que

occasioned me by the rivalry of Wilson, and his intolerable spirit of contradiction, I could not bring myself to hate him altogether. We had, to be sure, nearly every day a quarrel in which, yielding me publicly the palm of victory, he, in some manner, contrived to make me feel that it was he who had deserved it; yet a sense of pride on my part, and a veritable dignity on his own, kept us always upon what are called "speaking terms," while there were many points of strong congeniality in our tempers, operating to awake me in a sentiment which our position alone, perhaps, prevented from ripening into friendship. It is difficult, indeed, to define, or even to describe, my real feelings towards him. They formed a motley and heterogeneous admixture;—some petulant animosity, which was not yet hatred, some esteem, more respect, much fear, with a world of uneasy curiosity. To the moralist it will be unnecessary to say, in addition, that Wilson and myself were the most inseparable of companions.

It was no doubt the anomalous state of affairs existing between us, which turned all my attacks upon him, (and they were many, either open or covert) into the channel of banter or practical joke (giving pain while assuming the aspect of mere fun) rather than into a more serious and determined hostility. But my endeavours on this head were by no means uniformly successful, even when my plans were the most wittily concocted; for my namesake had much about him, in character, of that unassuming and quiet austerity which, while enjoying the poignancy of its own jokes, has no heel of Achilles in itself, and absolutely refuses to be laughed at. I could find, indeed, but one vulnerable point, and that, lying in a personal peculiarity, arising, perhaps, from constitutional disease, would have been spared by any antagonist less at his wit's end than myself;—my rival had a weakness in the faucal or guttural organs, which precluded him from raising his voice at any time above a very low whisper. Of this defect I did not fail to take what poor advantage lay in my power.

Wilson's retaliations in kind were many; and there was one form of his practical wit that disturbed me beyond measure. How his sagacity first discovered at all that so petty a thing would vex me, is a question I never could solve; but, having discovered, he habitually practised the annoyance. I had always felt aversion to

me causaba la rivalidad con Wilson y su intolerable espíritu de contradicción, no podía llegar al punto de odiarlo. Es verdad que casi todos los días teníamos una disputa en la que, aunque aceptaba en público la derrota, me hacía sentir de alguna forma que era él quien merecía el triunfo; sin embargo, una sensación de orgullo por mi parte y una dignidad auténtica por la suya, nos mantenían en lo que se denomina «buenos términos», aunque había varios puntos de fuerte afinidad entre nuestros temperamentos, lo que me hacía pensar que tal vez lo único que nos impedía desarrollar una amistad era nuestra situación. Mis sentimientos hacia él formaban una amalgama heterogénea y multicolor; cierta enemistad petulante que no llegaba a ser odio, algo de estima, más de respeto, mucho miedo y un mundo de curiosidad inquieta. Para el moralista no hará falta decir que, además, Wilson y yo éramos inseparables.

Fue sin duda la anomalía de la situación que existía entre nosotros lo que convirtió mis ataques hacia él (que eran varios, ya sea abiertos o encubiertos) en burlas o bromas (que lastimaban disfrazadas de diversión) en lugar de una hostilidad más seria o determinada. Pero mis esfuerzos en este sentido estaban lejos de ser exitosos, incluso cuando mis planes eran maquinados con ingenio; ya que mi tocayo poseía una austeridad tranquila y discreta que, si bien le permitía disfrutar de la agudeza de sus propias bromas, no tiene talón de Aquiles y se rehúsa rotundamente a ser objeto de burla. Pude encontrar solo un punto vulnerable, que recaía en una peculiaridad personal, proveniente, tal vez, de una enfermedad constitucional —este no hubiera sido recalcado por nadie salvo por un antagonista tan exasperado como yo—: mi rival tenía una debilidad en sus órganos vocales, que le impedía alzar su voz más allá de un leve susurro. No perdí la oportunidad de sacar cuanta ventaja pude de este defecto.

Wilson contratacaba con varias represalias; y había una de las formas de su ingenio que me perturbaba más allá de lo natural. Cómo su sagacidad descubrió por primera vez la forma en que tal cosa me irritaría es una pregunta que nunca pude contestar; pero, una vez que la descubrió comenzó a usarla como molestia de forma habi-

my uncourtly patronymic, and its very common, if not plebeian praenomen. The words were venom in my ears; and when, upon the day of my arrival, a second William Wilson came also to the academy, I felt angry with him for bearing the name, and doubly disgusted with the name because a stranger bore it, who would be the cause of its twofold repetition, who would be constantly in my presence, and whose concerns, in the ordinary routine of the school business, must inevitably, on account of the detestable coincidence, be often confounded with my own.

The feeling of vexation thus engendered grew stronger with every circumstance tending to show resemblance, moral or physical, between my rival and myself. I had not then discovered the remarkable fact that we were of the same age; but I saw that we were of the same height, and I perceived that we were even singularly alike in general contour of person and outline of feature. I was galled, too, by the rumor touching a relationship, which had grown current in the upper forms. In a word, nothing could more seriously disturb me, (although I scrupulously concealed such disturbance,) than any allusion to a similarity of mind, person, or condition existing between us. But, in truth, I had no reason to believe that (with the exception of the matter of relationship, and in the case of Wilson himself,) this similarity had ever been made a subject of comment, or even observed at all by our schoolfellows. That he observed it in all its bearings, and as fixedly as I, was apparent; but that he could discover in such circumstances so fruitful a field of annoyance, can only be attributed, as I said before, to his more than ordinary penetration.

His cue, which was to perfect an imitation of myself, lay both in words and in actions; and most admirably did he play his part. My dress it was an easy matter to copy; my gait and general manner were, without difficulty, appropriated; in spite of his constitutional defect, even my voice did not escape him. My louder tones were, of course, unattempted, but then the key—it was identical; *and his singular whisper, it grew the very echo of my own.*

How greatly this most exquisite portraiture harassed me, (for it could not justly be termed a caricature,) I will not now venture to

tual. Siempre sentí aversión por mi apellido poco refinado y por mi nombre tan común, incluso plebeyo. Las palabras eran como veneno en mis oídos; y cuando, el día que llegué, llegó también un segundo William Wilson a la academia, me enojé con él por llevar el nombre y estaba doblemente disgustado con el nombre a causa de que era un extraño quien lo llevaba, quien sería la causa de que se repitiera dos veces, quien estaría constantemente en mi presencia y cuyos asuntos, en la rutina ordinaria escolar sería, de forma inevitable, por culpa de la detestable coincidencia, a menudo confundido conmigo.

Esta irritación creció cada vez más con cada circunstancia que mostraba algún parecido, moral o físico, entre mi rival y yo. No había para ese entonces descubierto que teníamos la misma edad; pero sí noté que teníamos la misma altura y percibí que incluso compartíamos la misma morfología y los mismos rasgos. También me molestaba el rumor que circulaba, acrecentado por los mayores, sobre un supuesto parentesco entre nosotros. En resumen, nada me perturbaba más (aunque escondía esta perturbación con esmero), que cualquier alusión a un parecido de mente, persona o condición que existiera entre nosotros. Pero, a decir verdad, no tenía razón para creer que (con la excepción del asunto del parentesco y en el caso del mismo Wilson) esta similitud haya sido alguna vez sujeto de comentarios, o incluso observada por nuestros compañeros. Que notaba todos sus matices, y tanto como yo, era aparente; pero que haya podido descubrir en tales circunstancias una posibilidad de explotar tal molestia solo se podía atribuir, como he dicho antes, a su penetración extraordinaria.

Su respuesta, que consistía en perfeccionar una imitación mía, abarcaba palabras y acciones; y cumplía de forma admirable. Mi vestimenta era un asunto fácil de copiar; mi andar y mis gestos fueron, sin mayor dificultad, adoptados; a pesar de su defecto constitucional, incluso mi tono de voz no se le escapaba. Cuando yo levantaba la voz, por supuesto, él evitaba imitarlo, pero el tono era idéntico, *y su susurro singular se volvió poco a poco un eco de mi voz.*

La manera en que este retrato tan exquisito me acosaba (ya que no puedo catalogarlo como una mera caricatura) no me aventuraré en

describe. I had but one consolation—in the fact that the imitation, apparently, was noticed by myself alone, and that I had to endure only the knowing and strangely sarcastic smiles of my namesake himself. Satisfied with having produced in my bosom the intended effect, he seemed to chuckle in secret over the sting he had inflicted, and was characteristically disregardful of the public applause which the success of his witty endeavours might have so easily elicited. That the school, indeed, did not feel his design, perceive its accomplishment, and participate in his sneer, was, for many anxious months, a riddle I could not resolve. Perhaps the gradation of his copy rendered it not so readily perceptible; or, more possibly, I owed my security to the master air of the copyist, who, disdaining the letter, (which in a painting is all the obtuse can see,) gave but the full spirit of his original for my individual contemplation and chagrin.

I have already more than once spoken of the disgusting air of patronage which he assumed toward me, and of his frequent officious interference with my will. This interference often took the ungracious character of advice; advice not openly given, but hinted or insinuated. I received it with a repugnance which gained strength as I grew in years. Yet, at this distant day, let me do him the simple justice to acknowledge that I can recall no occasion when the suggestions of my rival were on the side of those errors or follies so usual to his immature age and seeming inexperience; that his moral sense, at least, if not his general talents and worldly wisdom, was far keener than my own; and that I might, to-day, have been a better, and thus a happier man, had I less frequently rejected the counsels embodied in those meaning whispers which I then but too cordially hated and too bitterly despised.

As it was, I at length grew restive in the extreme under his distasteful supervision, and daily resented more and more openly what I considered his intolerable arrogance. I have said that, in the first years of our connexion as schoolmates, my feelings in regard to him might have been easily ripened into friendship; but, in the latter months of my residence at the academy, although the intrusion of his ordinary manner had, beyond doubt, in some measure, abated, my sentiments, in nearly similar proportion, partook very much of positive hatred. Upon one occasion he saw

describir. Tenía un solo consuelo, el hecho de que la imitación, aparentemente, solo la podía notar yo, y que únicamente debía soportar las sonrisas extrañamente sarcásticas y cómplices de mi tocayo. Satisfecho con haber producido en mí el efecto que pretendía, parecía reír en secreto gracias al aguijón que me había clavado y desdeñaba sin dudar el aplauso público que el éxito de sus ingeniosos propósitos le hubieran otorgado. Que la escuela no percibiera su objetivo, su logro, y que no participara en su mofa fue por varios meses ansiosos para mí, un acertijo sin solución. Tal vez la profundidad de su copia no fuera tan fácil de percibir, o aún más plausible, le debía mi seguridad a la maestría del copista quien, menospreciando lo literal (que es cuanto el obtuso puede ver en una pintura), ofrecía el espíritu completo de su original para mi observación y mortificación personales.

He mencionado ya más de una vez el desagradable aire de condescendencia que adoptaba hacia mí y su frecuente y obstinada interferencia contra mi voluntad. Esta interferencia a menudo tomaba la descortés forma de consejo; consejo que no ofrecía abiertamente, sino que insinuaba. Lo recibía con una repugnancia que creció junto a mí con los años. Sin embargo, en este día distante, permítanme reconocer que no puedo recordar ninguna ocasión en la que las sugerencias de mi rival fueran errores o deslices tan frecuentes en su edad inmadura y su inexperiencia; que su sentido moral, al menos, o sus talentos generales y sabiduría, estaban más desarrollados que los míos; y que, al día de hoy, podría ser más feliz y alguien mejor de no haber rechazado con tanta frecuencia su consejo, que venía en forma de susurros que entonces odiaba y detestaba con amargura.

Con el tiempo llegué a impacientarme en extremo bajo su desagradable supervisión y cada día resentía de forma más abierta lo que consideraba su arrogancia intolerable. He dicho que, en nuestros primeros años como compañeros, mis sentimientos hacia él podrían haber madurado hacia una amistad; pero, en mis últimos meses en la academia, a pesar de que la intrusión de su comportamiento ordinario había, sin duda, en cierta medida abatido mis sentimientos, en una proporción similar contenía una gran parte de odio. En una ocasión notó esto, creo yo, y desde entonces me evitó,

this, I think, and afterwards avoided, or made a show of avoiding me.

It was about the same period, if I remember aright, that, in an altercation of violence with him, in which he was more than usually thrown off his guard, and spoke and acted with an openness of demeanor rather foreign to his nature, I discovered, or fancied I discovered, in his accent, his air, and general appearance, a something which first startled, and then deeply interested me, by bringing to mind dim visions of my earliest infancy—wild, confused and thronging memories of a time when memory herself was yet unborn. I cannot better describe the sensation which oppressed me than by saying that I could with difficulty shake off the belief of my having been acquainted with the being who stood before me, at some epoch very long ago—some point of the past even infinitely remote. The delusion, however, faded rapidly as it came; and I mention it at all but to define the day of the last conversation I there held with my singular namesake.

The huge old house, with its countless subdivisions, had several large chambers communicating with each other, where slept the greater number of the students. There were, however, (as must necessarily happen in a building so awkwardly planned,) many little nooks or recesses, the odds and ends of the structure; and these the economic ingenuity of Dr. Bransby had also fitted up as dormitories; although, being the merest closets, they were capable of accommodating but a single individual. One of these small apartments was occupied by Wilson.

One night, about the close of my fifth year at the school, and immediately after the altercation just mentioned, finding every one wrapped in sleep, I arose from bed, and, lamp in hand, stole through a wilderness of narrow passages from my own bedroom to that of my rival. I had long been plotting one of those ill-natured pieces of practical wit at his expense in which I had hitherto been so uniformly unsuccessful. It was my intention, now, to put my scheme in operation, and I resolved to make him feel the whole extent of the malice with which I was imbued. Having reached his closet, I noiselessly entered, leaving the lamp, with a shade over it, on the outside. I advanced a step, and listened to the

o se lo propuso.

Fue en ese tiempo, si mal no recuerdo, que, en un altercado de violencia en el que él había bajado la guardia más de lo habitual y hablado y actuado con un comportamiento abierto ajeno a su naturaleza, descubrí, o creí descubrir, en su acento, en su aire y su apariencia general algo que me sobresaltó y me interesó, trayendo a mi memoria tenues visiones de mi niñez, recuerdos salvajes, confusos y agolpados de un tiempo en que mi memoria no había todavía nacido. No puedo describir mejor la sensación que me oprimía que decir que apenas podía quitar de mi cabeza la sensación de haber estado emparentado con el ser que tenía enfrente, en alguna época muy lejana, algún punto del pasado, aunque hubiera sido infinitamente remoto. El delirio, sin embargo, se esfumó tan rápido como vino; y solo lo menciono para definir el día en que conversé por última vez con mi particular tocayo.

La antigua gran casa, con sus innumerables subdivisiones, tenía varias salas grandes que se comunicaban entre ellas, en las que dormía la mayor parte de los estudiantes. Había, sin embargo (como es necesario que suceda en un edificio planificado de forma tan extraña), muchos rincones y recovecos, restos y vestigios de la estructura; y estos también fueron equipados como dormitorios gracias a la ingenuidad económica del doctor Bransby; aunque, al haber sido vestidores, solo podían alojar a una persona. Uno de estos pequeños cuartos era ocupado por Wilson.

Una noche, cerca del fin de mi quinto año en la escuela e inmediatamente después del altercado ya mencionado, tras cerciorarme de que todos estaban sumidos en el sueño, me levanté de la cama y, con lámpara en mano, me aventuré por el laberinto de pasillos estrechos que llevaban al cuarto de mi rival. Por largo tiempo maquiné una de aquellas bromas pesadas a su costa, de aquellas que tantas veces resultaron fallidas por mi parte. Era mi intención, ahora, poner mi plan a prueba, y decidí hacerle sentir la totalidad de mi malicia. Una vez que llegué a su vestidor dejé la lámpara afuera, cubierta por una pantalla, y entré en silencio. Di un paso y pude oír el sonido de su respiración tranquila. Una vez me aseguré de que estaba dormido

sound of his tranquil breathing. Assured of his being asleep, I returned, took the light, and with it again approached the bed. Close curtains were around it, which, in the prosecution of my plan, I slowly and quietly withdrew, when the bright rays fell vividly upon the sleeper, and my eyes, at the same moment, upon his countenance. I looked;—and a numbness, an iciness of feeling instantly pervaded my frame. My breast heaved, my knees tottered, my whole spirit became possessed with an objectless yet intolerable horror. Gasping for breath, I lowered the lamp in still nearer proximity to the face. Were these—these the lineaments of William Wilson? I saw, indeed, that they were his, but I shook as if with a fit of the ague in fancying they were not. What was there about them to confound me in this manner? I gazed;—while my brain reeled with a multitude of incoherent thoughts. Not thus he appeared—assuredly not thus—in the vivacity of his waking hours. The same name! the same contour of person! the same day of arrival at the academy! And then his dogged and meaningless imitation of my gait, my voice, my habits, and my manner! Was it, in truth, within the bounds of human possibility, that what I now saw was the result, merely, of the habitual practice of this sarcastic imitation? Awe-stricken, and with a creeping shudder, I extinguished the lamp, passed silently from the chamber, and left, at once, the halls of that old academy, never to enter them again.

After a lapse of some months, spent at home in mere idleness, I found myself a student at Eton. The brief interval had been sufficient to enfeeble my remembrance of the events at Dr. Bransby's, or at least to effect a material change in the nature of the feelings with which I remembered them. The truth—the tragedy—of the drama was no more. I could now find room to doubt the evidence of my senses; and seldom called up the subject at all but with wonder at extent of human credulity, and a smile at the vivid force of the imagination which I hereditarily possessed. Neither was this species of scepticism likely to be diminished by the character of the life I led at Eton. The vortex of thoughtless folly into which I there so immediately and so recklessly plunged, washed away all but the froth of my past hours, engulfed at once every solid or serious impression, and left to memory only the veriest levities of a former existence.

volví, tomé la lámpara y me acerqué a la cama. Estaba cubierta por unas cortinas cerradas que, acorde a mi plan, abrí de forma lenta y silenciosa, lo que permitió que los brillantes rayos de luz cayeran sobre el durmiente al mismo tiempo que mis ojos sobre su semblante. Observé y de repente una sensación congelada y entumecedora me azotó. Mi pecho se agitó, mis rodillas temblaban y todo mi espíritu se vio poseído por un horror sin sentido e insoportable. Jadeando, acerqué la lámpara todavía más a su rostro. ¿Eran estos... eran estos los rasgos de William Wilson? Pude ver, claro estaba, que eran los suyos, pero temblé como si por culpa de una fiebre imaginara que no lo eran. ¿Qué había en ellos que me confundía de esta forma? Observé nuevamente; mientras mi cerebro se enmarañaba con una multitud de pensamientos incoherentes. No parecía, seguro estaba de ello, tener la misma vivacidad que en sus horas despiertas. ¡El mismo nombre! ¡La misma morfología! ¡El mismo día de llegada a la academia! ¡Y entonces la maldita imitación sin sentido de mi postura, mi voz, mis hábitos y mis gestos! ¿Era en realidad posible dentro de los límites humanos que lo que pudiera ahora ver fuera el resultado, únicamente, de la práctica habitual de su imitación sarcástica? Golpeado por el asombro y temblando apagué la lámpara, atravesé el cuarto y abandoné los pasillos de esa antigua academia, para nunca más volver a atravesarlos.

Tras el lapso de algunos meses, pasados en mi casa en inactividad, volví a estudiar, esta vez en Eton. El breve intervalo fue suficiente para debilitar mis recuerdos de los eventos en la academia del doctor Bransby, o al menos para efectuar un cambio material en la naturaleza de los sentimientos con los que los recordaba. La verdad y la tragedia del drama ya no existían. Podía ahora encontrar espacio para dudar de la evidencia de mis sentidos; y rara vez recordaba el asunto sino con asombro por la magnitud de la credulidad humana y una sonrisa ante la vívida fuerza de la imaginación que contraje por heredad. No era probable que ninguna de estas formas de escepticismo fuera apaciguadas por el tipo de vida que llevaba en Eton. El torbellino de pensamientos vacíos al que me encontraba tan temerariamente aferrado limpió todo excepto la impureza de mis horas pasadas, engulló de una vez cada impresión sólida o seria y solo dejo en la memoria las más puras liviandades de una existencia

I do not wish, however, to trace the course of my miserable profligacy here—a profligacy which set at defiance the laws, while it eluded the vigilance of the institution. Three years of folly, passed without profit, had but given me rooted habits of vice, and added, in a somewhat unusual degree, to my bodily stature, when, after a week of soulless dissipation, I invited a small party of the most dissolute students to a secret carousal in my chambers. We met at a late hour of the night; for our debaucheries were to be faithfully protracted until morning. The wine flowed freely, and there were not wanting other and perhaps more dangerous seductions; so that the gray dawn had already faintly appeared in the east, while our delirious extravagance was at its height. Madly flushed with cards and intoxication, I was in the act of insisting upon a toast of more than wonted profanity, when my attention was suddenly diverted by the violent, although partial unclosing of the door of the apartment, and by the eager voice of a servant from without. He said that some person, apparently in great haste, demanded to speak with me in the hall.

Wildly excited with wine, the unexpected interruption rather delighted than surprised me. I staggered forward at once, and a few steps brought me to the vestibule of the building. In this low and small room there hung no lamp; and now no light at all was admitted, save that of the exceedingly feeble dawn which made its way through the semi-circular window. As I put my foot over the threshold, I became aware of the figure of a youth about my own height, and habited in a white kerseymere morning frock, cut in the novel fashion of the one I myself wore at the moment. This the faint light enabled me to perceive; but the features of his face I could not distinguish. Upon my entering he strode hurriedly up to me, and, seizing me by the arm with a gesture of petulant impatience, whispered the words "William Wilson!" in my ear.

I grew perfectly sober in an instant.

There was that in the manner of the stranger, and in the tremulous shake of his uplifted finger, as he held it between my eyes and the light, which filled me with unqualified amazement;

anterior.

No deseo, sin embargo, trazar el curso de mi despilfarro miserable, despilfarro que estableció un desafío a las leyes, mientras que eludía la vigilancia de la institución. Tres años de insensatez transcurridos sin provecho no me otorgaron más que hábitos arraigados de vicio y añadieron, en un nivel algo inusual, a mi estatura corporal cuando, tras una semana de disipación disoluta, invité a un pequeño grupo de los estudiantes más depravados a una juerga en mis aposentos. Nos encontramos a altas horas de la noche; ya que nuestro libertinaje sería extendido hasta la madrugada. El vino fluía sin medida y no faltaban otras, tal vez más peligrosas, seducciones; al punto que el amanecer gris había ya asomado por el este, mientras que nuestra extravagancia delirante se encontraba en su clímax. Sumido en los naipes y la intoxicación, me encontraba en el acto de insistir por un brindis especialmente profano cuando mi atención se desvió de repente por el violento, aunque parcial, abrir de la puerta del aposento, y por la voz ansiosa de un sirviente de afuera. Decía que una persona, aparentemente con prisa, pedía hablar conmigo en el pasillo.

Extasiado de vino, la interrupción inesperada me resultó más alegre que sorpresiva. Salí tambaleándome y tras unos pasos hallé el vestíbulo del edificio. En esta pequeña y baja habitación no colgaba ninguna lámpara; y no había ninguna luz, salvo el muy tenue amanecer que se abría paso a través de la ventana semicircular. Una vez atravesada la entrada descubrí la imagen de un joven de mi estatura y vestido con una bata de cachemira blanca, confeccionada con el mismo estilo novedoso que la que llevaba puesta yo. La luz tenue me permitía percibir su vestimenta; pero no podía distinguir los rasgos de su rostro. Al entrar se acercó rápidamente a mí y, tomándome del brazo con un gesto de impaciencia petulante me susurró al oído: «William Wilson».

En un instante me sentí perfectamente sobrio.

Era aquello en el comportamiento del extraño y en su tembloroso dedo levantado, que sostenía entre mis ojos y la luz, lo que me llenaba de indescriptible asombro; pero no era esto lo que me conmovía

but it was not this which had so violently moved me. It was the pregnancy of solemn admonition in the singular, low, hissing utterance; and, above all, it was the character, the tone, the key, of those few, simple, and familiar, yet whispered syllables, which came with a thousand thronging memories of bygone days, and struck upon my soul with the shock of a galvanic battery. Ere I could recover the use of my senses he was gone.

Although this event failed not of a vivid effect upon my disordered imagination, yet was it evanescent as vivid. For some weeks, indeed, I busied myself in earnest inquiry, or was wrapped in a cloud of morbid speculation. I did not pretend to disguise from my perception the identity of the singular individual who thus perseveringly interfered with my affairs, and harassed me with his insinuated counsel. But who and what was this Wilson?—and whence came he?—and what were his purposes? Upon neither of these points could I be satisfied; merely ascertaining, in regard to him, that a sudden accident in his family had caused his removal from Dr. Bransby's academy on the afternoon of the day in which I myself had eloped. But in a brief period I ceased to think upon the subject; my attention being all absorbed in a contemplated departure for Oxford. Thither I soon went; the uncalculating vanity of my parents furnishing me with an outfit and annual establishment, which would enable me to indulge at will in the luxury already so dear to my heart,—to vie in profuseness of expenditure with the haughtiest heirs of the wealthiest earldoms in Great Britain.

Excited by such appliances to vice, my constitutional temperament broke forth with redoubled ardor, and I spurned even the common restraints of decency in the mad infatuation of my revels. But it were absurd to pause in the detail of my extravagance. Let it suffice, that among spendthrifts I out-Heroded Herod, and that, giving name to a multitude of novel follies, I added no brief appendix to the long catalogue of vices then usual in the most dissolute university of Europe.

It could hardly be credited, however, that I had, even here, so utterly fallen from the gentlemanly estate, as to seek acquaintance with the vilest arts of the gambler by profession, and, having

de forma tan violenta, sino la solemne admonición en la singular pronunciación, baja y seseante; y sobre todo era el carácter, el tono y el sonido de aquellas simples, breves y familiares, aunque susurradas sílabas, que me chocaron con miles de memorias de días olvidados y golpearon mi alma con la descarga de una batería galvánica. No había terminado de recuperar el uso de mis sentidos cuando el visitante desapareció.

Aunque este evento tuvo un efecto vívido en mi imaginación desordenada, fue tan efímero como vívido. Durante algunas semanas me ocupé con esmero, o me sumergí en una nube de especulación mórbida. No pretendía negarle a mi percepción la identidad del individuo singular que interfería perseverante en mis asuntos y me acosaba con sus consejos inusitados. ¿Pero quién y qué era este Wilson? ¿De dónde venía? ¿Cuáles eran sus propósitos? A ninguna de estas preguntas pude responder de forma satisfactoria, solo pude averiguar que un accidente familiar repentino causó su salida de la academia del doctor Bransby la misma tarde del día en que la abandoné yo. Pero luego de un breve periodo dejé de pensar en el asunto; mi atención se vio absorbida en una partida inminente hacia Oxford. Hacia allí me encaminé; la vanidad irreflexiva de mis padres me dotó de una pensión anual que me permitiría consentir a voluntad en todos los lujos ya tan preciados por mi corazón, a rivalizar en gasto con los herederos más altivos de los condados más ricos de Gran Bretaña.

Emocionado por tantos vicios, mi temperamento constitucional creció redoblado en ardor y rechacé hasta las moderaciones más comunes de la decencia en la locura apasionada de mis diversiones. Pero era absurdo detenerse en el detalle de mi extravagancia. Digamos que, en derroche superé hasta al propio Herodes y que, dando nombre a tantas otras locuras, no fue breve el apéndice que añadí al extenso catálogo de vicios entonces usuales en la universidad más disoluta de Europa.

Era difícil de creer, sin embargo, que hubiera caído yo, incluso allí, desde el estado caballeresco para buscar familiarizarme con las artes más viles del apostador profesional y, una vez adepto a tan des-

become an adept in his despicable science, to practise it habitually as a means of increasing my already enormous income at the expense of the weak-minded among my fellow-collegians. Such, nevertheless, was the fact. And the very enormity of this offence against all manly and honourable sentiment proved, beyond doubt, the main if not the sole reason of the impunity with which it was committed. Who, indeed, among my most abandoned associates, would not rather have disputed the clearest evidence of his senses, than have suspected of such courses, the gay, the frank, the generous William Wilson—the noblest and most liberal commoner at Oxford—him whose follies (said his parasites) were but the follies of youth and unbridled fancy—whose errors but inimitable whim—whose darkest vice but a careless and dashing extravagance?

I had been now two years successfully busied in this way, when there came to the university a young parvenu nobleman, Glendinning—rich, said report, as Herodes Atticus—his riches, too, as easily acquired. I soon found him of weak intellect, and, of course, marked him as a fitting subject for my skill. I frequently engaged him in play, and contrived, with the gambler's usual art, to let him win considerable sums, the more effectually to entangle him in my snares. At length, my schemes being ripe, I met him (with the full intention that this meeting should be final and decisive) at the chambers of a fellow-commoner, (Mr. Preston,) equally intimate with both, but who, to do him justice, entertained not even a remote suspicion of my design. To give to this a better coloring, I had contrived to have assembled a party of some eight or ten, and was solicitously careful that the introduction of cards should appear accidental, and originate in the proposal of my contemplated dupe himself. To be brief upon a vile topic, none of the low finesse was omitted, so customary upon similar occasions that it is a just matter for wonder how any are still found so besotted as to fall its victim.

We had protracted our sitting far into the night, and I had at length effected the manoeuvre of getting Glendinning as my sole antagonist. The game, too, was my favorite *écarté!* The rest of the company, interested in the extent of our play, had abandoned their own cards, and were standing around us as spectators. The

preciable ciencia, practicarla habitualmente como medio de incrementar mi ya enorme ingreso a costa de los débiles de espíritu entre mis compañeros de colegio. Ese era, de todas formas, el caso. Y la enormidad de esta ofensa contra todo sentimiento masculino y honorable probó sin lugar a dudas la razón principal, si no la única, de la impunidad con la que la practicaba. ¿Quién entre mis socios más abandonados no preferiría haber puesto en duda la evidencia más clara de sus sentidos antes que sospechar semejante comportamiento en el alegre, franco y generoso William Wilson, el más noble y liberal de los comunes en Oxford, aquel cuyas diversiones (decían sus parásitos) eran las de la juventud y la imaginación desbocada, cuyos errores no eran más que caprichos inimitables, cuyos oscuros vicios no más que extravagancia descuidada y temeraria?

Me había ocupado entonces con éxito durante dos años de esta forma, cuando llegó a la universidad un joven noble advenedizo, un tal Glendinning. Se rumoreaba que era tan rico como Herodes Ático; y que sus riquezas también fueron conseguidas fácilmente. Pronto lo encontré de un intelecto débil y, por supuesto, lo marqué como objeto de mis habilidades. Con frecuencia lo inducía al juego y conseguía, con el arte común del jugador, que ganara sumas considerables con el fin de atraparlo aun más en mis redes. Después de un tiempo, una vez mis planes estuvieron maduros, nos encontramos (con la intención de que este encuentro fuera el último y el decisivo) en los aposentos de un conocido en común (el señor Preston), igual de conocido para ambos, pero quien, para hacerle justicia, no tenía la más mínima noción de mis planes. Para más dramatismo, yo había logrado juntar un grupo de unos ocho o diez y fui cuidadoso en que la invitación al juego pareciera accidental y propuesta por nadie más que mi propia víctima. Para resumir un tema tan malvado, no omití ninguna de las bajas sutilezas tan comunes en situaciones similares que uno llega a preguntarse cómo todavía se encuentran personas tan ingenuas como para caer en ellas.

Nuestro juego se extendió adentrada la noche y al fin efectué la maniobra de quedar con Glendinning como mi único antagonista. El juego también era mi favorito, ¡el écarté! El resto de los compañeros, interesados en el alcance del juego, habían abandonado sus propias cartas y se encontraban parados alrededor nuestro como

parvenu, who had been induced by my artifices in the early part of the evening, to drink deeply, now shuffled, dealt, or played, with a wild nervousness of manner for which his intoxication, I thought, might partially, but could not altogether account. In a very short period he had become my debtor to a large amount, when, having taken a long draught of port, he did precisely what I had been coolly anticipating—he proposed to double our already extravagant stakes. With a well-feigned show of reluctance, and not until after my repeated refusal had seduced him into some angry words which gave a color of pique to my compliance, did I finally comply. The result, of course, did but prove how entirely the prey was in my toils: in less than an hour he had quadrupled his debt. For some time his countenance had been losing the florid tinge lent it by the wine; but now, to my astonishment, I perceived that it had grown to a pallor truly fearful. I say to my astonishment. Glendinning had been represented to my eager inquiries as immeasurably wealthy; and the sums which he had as yet lost, although in themselves vast, could not, I supposed, very seriously annoy, much less so violently affect him. That he was overcome by the wine just swallowed, was the idea which most readily presented itself; and, rather with a view to the preservation of my own character in the eyes of my associates, than from any less interested motive, I was about to insist, peremptorily, upon a discontinuance of the play, when some expressions at my elbow from among the company, and an ejaculation evincing utter despair on the part of Glendinning, gave me to understand that I had effected his total ruin under circumstances which, rendering him an object for the pity of all, should have protected him from the ill offices even of a fiend.

What now might have been my conduct it is difficult to say. The pitiable condition of my dupe had thrown an air of embarrassed gloom over all; and, for some moments, a profound silence was maintained, during which I could not help feeling my cheeks tingle with the many burning glances of scorn or reproach cast upon me by the less abandoned of the party. I will even own that an intolerable weight of anxiety was for a brief instant lifted from my bosom by the sudden and extraordinary interruption which ensued. The wide, heavy folding doors of the apartment were all at once thrown open, to their full extent, with a vigorous and rushing

espectadores. El advenedizo, quien había sido inducido por mis artificios en la etapa temprana de la noche a beber sin mesura, ahora mezclaba, repartía o jugaba con un nerviosismo salvaje del cual yo pensaba que su intoxicación no podía ser la única culpable. En un periodo demasiado breve contrajo una gran deuda conmigo cuando, sorbiendo un largo trago de oporto, hizo precisamente lo que había estado anticipando; propuso duplicar nuestras ya extravagantes apuestas. Con una demostración de duda bien fingida y no sin antes repetir mi negativa, lo que lo airó hasta el punto de proferir unas palabras de enojo que dieron una nota de resentimiento a mi respuesta, finalmente acepté. El resultado, por supuesto, probó cuan enredada estaba la víctima en mis planes: en menos de una hora había cuadruplicado su deuda. Por un tiempo su semblante fue perdiendo el matiz floral que le había prestado el vino; pero ahora, para mi sorpresa, percibí que se había tornado de un pálido preocupante. Digo para mi sorpresa ya que ante mis averiguaciones Glendenning se me presentó como un sujeto con riquezas inconmensurables; y las sumas que había perdido hasta ahora, aunque considerables, no podían molestarlo tan seriamente, suponía yo; mucho menos afectarlo de forma tan violenta. Que el vino que había terminado de tragar había hecho su efecto fue la primera idea que se me presentó; y, con más intención de la preservación de mi imagen ante los ojos de mis asociados que por un motivo más desinteresado, estaba por insistir perentoriamente en que se suspendiera la partida, cuando algunas frases que oí a mi alrededor y una exclamación desesperada por parte de Glendinning me dieron a entender que lo había arruinado por completo bajo circunstancias en que, al convertirlo en objeto de la piedad de todos, lo deberían haber protegido incluso de las maldades de un demonio.

Cual debía de ser mi conducta ahora es difícil de decir. La condición lamentable de mi víctima había creado una atmósfera penosa sobre todos; y, por unos momentos, se mantuvo un profundo silencio, durante el cual no pude evitar sentir temblar mis mejillas con las miradas de odio o reproche que me lanzaban los más abandonados del grupo. Reconozco incluso que un peso intolerable de ansiedad se elevó de mi pecho por un instante por la extraordinaria y repentina interrupción que se produjo. Las anchas y pesadas puertas corredizas del aposento se abrieron de repente por completo con un ímpetu vigoroso y apresurado que extinguió, como por arte de magia, cada

impetuosity that extinguished, as if by magic, every candle in the room. Their light, in dying, enabled us just to perceive that a stranger had entered, about my own height, and closely muffled in a cloak. The darkness, however, was now total; and we could only feel that he was standing in our midst. Before any one of us could recover from the extreme astonishment into which this rudeness had thrown all, we heard the voice of the intruder.

"Gentlemen," he said, in a low, distinct, and never-to-be-forgotten whisper which thrilled to the very marrow of my bones, "Gentlemen, I make no apology for this behaviour, because in thus behaving, I am but fulfilling a duty. You are, beyond doubt, uninformed of the true character of the person who has to-night won at *écarté* a large sum of money from Lord Glendinning. I will therefore put you upon an expeditious and decisive plan of obtaining this very necessary information. Please to examine, at your leisure, the inner linings of the cuff of his left sleeve, and the several little packages which may be found in the somewhat capacious pockets of his embroidered morning wrapper."

While he spoke, so profound was the stillness that one might have heard a pin drop upon the floor. In ceasing, he departed at once, and as abruptly as he had entered. Can I—shall I describe my sensations? Must I say that I felt all the horrors of the damned? Most assuredly I had little time given for reflection. Many hands roughly seized me upon the spot, and lights were immediately reprocured. A search ensued. In the lining of my sleeve were found all the court cards essential in *écarté*, and, in the pockets of my wrapper, a number of packs, facsimiles of those used at our sittings, with the single exception that mine were of the species called, technically, arrondees; the honours being slightly convex at the ends, the lower cards slightly convex at the sides. In this disposition, the dupe who cuts, as customary, at the length of the pack, will invariably find that he cuts his antagonist an honor; while the gambler, cutting at the breadth, will, as certainly, cut nothing for his victim which may count in the records of the game.

Any burst of indignation upon this discovery would have affected me less than the silent contempt, or the sarcastic composure, with which it was received.

vela de la habitación. Su luz, al morir, nos permitió percibir que entró un extraño, más o menos de mi altura y envuelto en una capa. La oscuridad, sin embargo, era ahora total; y solo podíamos sentirlo parado entre nosotros. Antes de que cualquiera de nosotros pudiera recuperarse del asombro extremo en el que nos sumió esta falta de cortesía, oímos la voz del intruso.

—Caballeros... —dijo en un susurro bajo, distintivo e inolvidable que me estremeció hasta el tuétano— caballeros, no me arrepiento de este comportamiento, ya que mediante este cumplo un deber. Ustedes están, sin ninguna duda, desinformados sobre el carácter real de la persona que le ganó esta noche, en un juego de écarté, una gran suma de dinero a lord Glendinning. Los someteré por lo tanto a un plan ágil y decisivo para que obtengan esta información tan importante. Busquen, a su gusto, en el interior de su manga izquierda y los varios paquetes pequeños que se pueden encontrar en los espaciosos bolsillos de su bordada bata matutina.

Mientras hablaba, su calma era tan profunda que uno podría haber oído un alfiler caer al suelo. Al terminar, se retiró de forma tan abrupta como había entrado. ¿Puedo... debería describir mis sensaciones? ¿Hace falta que diga que sentí todos los horrores del condenado? De seguro tuve poco tiempo para reflexionar. Varias manos me atraparon en un instante y se encendieron de nuevo las luces. Tras la búsqueda encontraron, en mi manga, todas las cartas esenciales del écarté y, en los bolsillos de mi bata, varios paquetes, facsímiles de los usados en nuestros juegos, con la excepción que los míos eran del tipo que se llama, en jerga técnica, *arrondees,* cuyas cartas más altas tienen las puntas levemente convexas y las cartas más bajas sus lados levemente convexos. En esta disposición, la víctima que corta, como de costumbre, a lo largo del mazo, descubrirá que cortó para su contricante una carta alta; mientras que el jugador, que corta a lo ancho, no cortará nada que sume puntos para el recuento del juego para su adversario.

Cualquier explosión de indignación ante este descubrimiento me habría afectado menos que el desdeño silencioso, o la compostura sarcástica con la que se lo recibió.

"Mr. Wilson," said our host, stooping to remove from beneath his feet an exceedingly luxurious cloak of rare furs, "Mr. Wilson, this is your property." (The weather was cold; and, upon quitting my own room, I had thrown a cloak over my dressing wrapper, putting it off upon reaching the scene of play.) "I presume it is supererogatory to seek here (eyeing the folds of the garment with a bitter smile) for any farther evidence of your skill. Indeed, we have had enough. You will see the necessity, I hope, of quitting Oxford—at all events, of quitting instantly my chambers."

Abased, humbled to the dust as I then was, it is probable that I should have resented this galling language by immediate personal violence, had not my whole attention been at the moment arrested by a fact of the most startling character. The cloak which I had worn was of a rare description of fur; how rare, how extravagantly costly, I shall not venture to say. Its fashion, too, was of my own fantastic invention; for I was fastidious to an absurd degree of coxcombry, in matters of this frivolous nature. When, therefore, Mr. Preston reached me that which he had picked up upon the floor, and near the folding doors of the apartment, it was with an astonishment nearly bordering upon terror, that I perceived my own already hanging on my arm, (where I had no doubt unwittingly placed it,) and that the one presented me was but its exact counterpart in every, in even the minutest possible particular. The singular being who had so disastrously exposed me, had been muffled, I remembered, in a cloak; and none had been worn at all by any of the members of our party with the exception of myself. Retaining some presence of mind, I took the one offered me by Preston; placed it, unnoticed, over my own; left the apartment with a resolute scowl of defiance; and, next morning ere dawn of day, commenced a hurried journey from Oxford to the continent, in a perfect agony of horror and of shame.

I fled in vain. My evil destiny pursued me as if in exultation, and proved, indeed, that the exercise of its mysterious dominion had as yet only begun. Scarcely had I set foot in Paris ere I had fresh evidence of the detestable interest taken by this Wilson in

—Señor Wilson —dijo nuestro anfitrión, mientras se inclinaba para juntar de debajo de sus pies una capa extremadamente lujosa de pieles preciosas—, señor Wilson, esto le pertenece.

El clima era frío y, al abandonar mi habitación, me había puesto sobre la bata una capa, que me quité al llegar a la escena del juego.

—Asumo que es supererogatorio buscar aquí más evidencia de su habilidad —dijo con una mirada amarga a las mangas de la vestimenta—. De hecho, ya tenemos suficiente. Verá necesario, espero, abandonar Oxford, luego de retirarse de inmediato de mis aposentos.

Humillado hasta el polvo como me encontraba, es probable que hubiera interpretado este lenguaje mortificante como violencia personal inmediata, de no haber sido porque toda mi atención se encontraba en un hecho muy inquietante. La capa que había vestido era de una piel extraña y preciosa; cuán extraña y costosa no me aventuraré a mencionar. Su diseño era fruto de mi fantástica invención; ya que era fastidioso hasta un punto de presunción absurda en asuntos de esta frívola naturaleza. Fue entonces, cuando el señor Preston me acercó la capa que juntó del suelo y cerca ya de las puertas corredizas del establecimiento que —en un asombro que rozaba el terror— percibí que mi capa ya colgaba de mi brazo (donde sin saberlo la había puesto), y la que se me presentó era su contraparte exacta en cada detalle, hasta el más minucioso. El ser particular que me expuso de forma tan desastrosa, estaba envuelto, recordé, en una capa; y ningún miembro del grupo llevaba una a excepción de él y yo. Manteniendo algo de compostura mental, tomé la que me extendió Preston; la coloqué sobre la mía y abandoné el lugar con una mirada decidida y desafiante y, a la mañana siguiente, al despuntar el alba, me embarqué en un viaje apresurado desde Oxford al continente, sumido en una agonía perfecta de terror y vergüenza.

Fue en vano mi huida. Mi destino perverso me persiguió exultante y probó que el ejercicio de su misterioso dominio no había hecho más que comenzar. Apenas puse un pie en París cuando tuve evidencia reciente del detestable interés que tomó este Wilson en mis

my concerns. Years flew, while I experienced no relief. Villain!—at Rome, with how untimely, yet with how spectral an officiousness, stepped he in between me and my ambition! At Vienna, too—at Berlin—and at Moscow! Where, in truth, had I not bitter cause to curse him within my heart? From his inscrutable tyranny did I at length flee, panic-stricken, as from a pestilence; and to the very ends of the earth I fled in vain.

And again, and again, in secret communion with my own spirit, would I demand the questions "Who is he?—whence came he?—and what are his objects?" But no answer was there found. And then I scrutinized, with a minute scrutiny, the forms, and the methods, and the leading traits of his impertinent supervision. But even here there was very little upon which to base a conjecture. It was noticeable, indeed, that, in no one of the multiplied instances in which he had of late crossed my path, had he so crossed it except to frustrate those schemes, or to disturb those actions, which, if fully carried out, might have resulted in bitter mischief. Poor justification this, in truth, for an authority so imperiously assumed! Poor indemnity for natural rights of self-agency so pertinaciously, so insultingly denied!

I had also been forced to notice that my tormentor, for a very long period of time, (while scrupulously and with miraculous dexterity maintaining his whim of an identity of apparel with myself,) had so contrived it, in the execution of his varied interference with my will, that I saw not, at any moment, the features of his face. Be Wilson what he might, this, at least, was but the veriest of affectation, or of folly. Could he, for an instant, have supposed that, in my admonisher at Eton—in the destroyer of my honor at Oxford,—in him who thwarted my ambition at Rome, my revenge at Paris, my passionate love at Naples, or what he falsely termed my avarice in Egypt,—that in this, my arch-enemy and evil genius, could fail to recognise the William Wilson of my school boy days,—the namesake, the companion, the rival,—the hated and dreaded rival at Dr. Bransby's? Impossible!—But let me hasten to the last eventful scene of the drama.

Thus far I had succumbed supinely to this imperious domination. The sentiment of deep awe with which I habitually

asuntos. Los años transcurrían y yo no sentía ningún alivio. ¡Villano! ¡En Roma, con cuán inoportuno pero espectral oficio se interpuso con mi ambición! ¡En Viena también... en Berlín... y en Moscú! ¿No tenía yo, en verdad, razón tan amarga para maldecirlo en mi corazón? Escapé al fin de su tiranía inescrutable, golpeado por el pánico como por una pestilencia; y hasta los confines de la tierra hui en vano.

Y una y otra vez, en secreta comunión con mi espíritu, me preguntaré «¿quién es?», «¿de dónde vino?», «¿cuáles son sus objetivos?». Pero no pude encontrar respuestas. Entonces busqué, escudriñé minucioso las formas, los métodos y los rasgos dominantes de su supervisión impertinente. Pero incluso en esto hubo poco en lo que basar una conjetura. Era notable, por supuesto, que en ninguna de las múltiples ocasiones en que se cruzó en mi camino lo hizo con otro objetivo que frustrar mis planes o alterar las acciones que, de ser llevadas a cabo, habrían resultado en una malicia amarga. ¡Pobre justificación es esta, en realidad, para una autoridad asumida de forma tan imperiosa! ¡Pobre indemnización para los derechos naturales de autodeterminación tan pertinaz, negados con ofensas!

También me vi forzado a advertir que mi verdugo, durante un largo periodo de tiempo (mientras con escrupulosa y milagrosa destreza mantenía su capricho de parecerse a mí), logró, en la ejecución de su interferencia variada en mis deseos, que no pudiera ver en ningún momento los rasgos de su cara. Sea Wilson lo que sea, esto era la más pura afectación o locura. ¿Podría ser que, por un instante, supuso que, en mi castigador de Eton, en el destructor de mi honor en Oxford, en aquel que arruinó mi ambición en Roma, mi venganza en París, mi amor apasionado en Nápoles, o lo que llamaba falsamente mi avaricia en Egipto; que, en este, mi archienemigo y genio malvado, ¿no podría reconocer al William Wilson de mis días escolares?, ¿mi tocayo, compañero y rival? ¿el odiado y detestado rival en la academia del doctor Bransby? ¡Imposible! Pero permítanme apresurarme y avanzar hasta la escena final de este drama.

Hasta entonces había sucumbido por completo a su dominio imperioso. El sentimiento de asombro profundo que me transmitía su

regarded the elevated character, the majestic wisdom, the apparent omnipresence and omnipotence of Wilson, added to a feeling of even terror, with which certain other traits in his nature and assumptions inspired me, had operated, hitherto, to impress me with an idea of my own utter weakness and helplessness, and to suggest an implicit, although bitterly reluctant submission to his arbitrary will. But, of late days, I had given myself up entirely to wine; and its maddening influence upon my hereditary temper rendered me more and more impatient of control. I began to murmur,—to hesitate,—to resist. And was it only fancy which induced me to believe that, with the increase of my own firmness, that of my tormentor underwent a proportional diminution? Be this as it may, I now began to feel the inspiration of a burning hope, and at length nurtured in my secret thoughts a stern and desperate resolution that I would submit no longer to be enslaved.

It was at Rome, during the Carnival of 18—, that I attended a masquerade in the palazzo of the Neapolitan Duke Di Broglio. I had indulged more freely than usual in the excesses of the wine-table; and now the suffocating atmosphere of the crowded rooms irritated me beyond endurance. The difficulty, too, of forcing my way through the mazes of the company contributed not a little to the ruffling of my temper; for I was anxiously seeking, (let me not say with what unworthy motive) the young, the gay, the beautiful wife of the aged and doting Di Broglio. With a too unscrupulous confidence she had previously communicated to me the secret of the costume in which she would be habited, and now, having caught a glimpse of her person, I was hurrying to make my way into her presence. At this moment I felt a light hand placed upon my shoulder, and that ever-remembered, low, damnable *whisper* within my ear.

In an absolute phrenzy of wrath, I turned at once upon him who had thus interrupted me, and seized him violently by the collar. He was attired, as I had expected, in a costume altogether similar to my own; wearing a Spanish cloak of blue velvet, begirt about the waist with a crimson belt sustaining a rapier. A mask of black silk entirely covered his face.

"Scoundrel!" I said, in a voice husky with rage, while every

elevado carácter, la sabiduría majestuosa, la omnipresencia y omnipotencia aparentes de Wilson, todo esto sumado a un sentimiento de terror que ciertos rasgos de su naturaleza y arrogancia me inspiraban, me transmitieron la idea de que me encontraba yo débil y desamparado, y sugerían una sumisión implícita, aunque amargamente resistida, a su aleatoria voluntad. Pero en los últimos días me había entregado por completo al vino; y su influencia sofocante sobre mi temperamento hereditario me volvieron cada vez más impaciente al control. Comencé a murmurar, a titubear, a resistir. ¿Y fue únicamente una fantasía la que me llevó a creer que, con el crecimiento de mi propia firmeza, la de mi verdugo disminuía en proporción? Sea como fuere, comencé a sentir la inspiración de una esperanza viva, que con el tiempo alimentó en mis pensamientos secretos una resolución firme y desesperada a no seguir esclavizado.

Fue en Roma, durante el Carnaval de 18..., que asistí a una mascarada en el palacio del duque napolitano Di Broglio. Me envolví más de lo usual en los excesos de la mesa de vinos; y ahora la atmósfera sofocante de las habitaciones hacinadas me irritó más de lo que pude soportar. La dificultad que tuve al abrirme paso a través del laberinto de personas también contribuyó, y no poco, en mi temperamento alterado; ya que buscaba ansioso (no diré con que motivo poco noble) a la joven, alegre y hermosa esposa del viejo y engatusado Di Broglio. Con una confianza poco escrupulosa me había comunicado ella el secreto del disfraz que usaría y ahora, tras vislumbrar su silueta, me apresuraba a llegar a su presencia. En ese momento sentí una ligera mano sobre mi hombro y aquel inolvidable, bajo y maldito *susurro* en mi oído.

En un arrebato absoluto de ira, me giré hacía aquel que me interrumpió y lo agarré con violencia del cuello. Vestía, como imaginaba, un disfraz bastante similar al mío; una capa española de terciopelo azul, ceñida a la cintura por un cinturón carmesí que enfundaba un estoque. Una máscara de seda negra cubría por completo su rostro.

—¡Canalla! —dije con una voz ronca de la rabia. Cada sílaba pro-

syllable I uttered seemed as new fuel to my fury, "scoundrel! impostor! accursed villain! you shall not—you shall not dog me unto death! Follow me, or I stab you where you stand!"—and I broke my way from the ball-room into a small ante-chamber adjoining, dragging him unresistingly with me as I went.

Upon entering, I thrust him furiously from me. He staggered against the wall, while I closed the door with an oath, and commanded him to draw. He hesitated but for an instant; then, with a slight sigh, drew in silence, and put himself upon his defence.

The contest was brief indeed. I was frantic with every species of wild excitement, and felt within my single arm the energy and power of a multitude. In a few seconds I forced him by sheer strength against the wainscoting, and thus, getting him at mercy, plunged my sword, with brute ferocity, repeatedly through and through his bosom.

At that instant some person tried the latch of the door. I hastened to prevent an intrusion, and then immediately returned to my dying antagonist. But what human language can adequately portray that astonishment, that horror which possessed me at the spectacle then presented to view? The brief moment in which I averted my eyes had been sufficient to produce, apparently, a material change in the arrangements at the upper or farther end of the room. A large mirror,—so at first it seemed to me in my confusion—now stood where none had been perceptible before; and, as I stepped up to it in extremity of terror, mine own image, but with features all pale and dabbled in blood, advanced to meet me with a feeble and tottering gait.

Thus it appeared, I say, but was not. It was my antagonist—it was Wilson, who then stood before me in the agonies of his dissolution. His mask and cloak lay, where he had thrown them, upon the floor. Not a thread in all his raiment—not a line in all the marked and singular lineaments of his face which was not, even in the most absolute identity, mine own!

It was Wilson; but he spoke no longer in a whisper, and I could

nunciada era como combustible para mi furia—. ¡Canalla! ¡Impostor! ¡Maldito villano! ¡No podrás, no podrás llevarme hasta la muerte! ¡Sígueme, o te apuñalaré allí donde estás! —Y me apresuré a salir del salón de baile hacia una pequeña antecámara adyacente, arrastrándolo, sin resistencia, conmigo.

Al entrar, lo alejé de mí con un empujón furioso. Se tambaleó contra la pared, mientras yo cerraba la puerta con una maldición y le ordenaba desenvainar. Dudó por un instante; entonces, con un leve suspiro, desenvainó en silencio y adoptó una posición defensiva.

El duelo fue sin duda breve. Fui frenético con todo tipo de emoción salvaje y sentí en mi brazo la energía y el poder de una multitud. En pocos segundos lo forcé únicamente con el uso de la fuerza contra el revestimiento y, una vez se hubo rendido, clavé la espada con ferocidad bruta, repetidamente, en su pecho.

En ese instante una persona quiso abrir la puerta. Me apresuré para evitar la intrusión y regresé de inmediato a mi agonizante contrincante. ¿Pero qué palabras humanas pueden retratar el asombro, el horror que me poseyó al ver el espectáculo que tenía en frente? El breve momento en que desvié mis ojos fue suficiente para producir, aparentemente, un cambio material en la disposición de la parte superior o más lejana de la habitación. Un gran espejo, al menos eso me pareció que era en mi confusión, se hallaba ahora donde antes no pude percibirlo y, a medida que me acercaba horrorizado a él, mi propia imagen, pero con rasgos pálidos y empapada de sangre, avanzaba a mi encuentro con una marcha febril y tambaleante.

Eso parecía, he dicho; pero no lo era. Era mi antagonista, era Wilson, quien se hallaba ante mí en la agonía de su disolución. Su máscara y su capa estaban donde las había tirado, en el suelo. No había un hilo de su vestimenta, ni un solo rasgo entre todos los de su rostro que no fuera, incluso en el más mínimo detalle, el mío.

Era Wilson; pero no hablaba ya en susurros, y podía jurar que era

have fancied that I myself was speaking while he said:

"You have conquered, and I yield. Yet, henceforward art thou also dead—dead to the World, to Heaven and to Hope! In me didst thou exist— and, in my death, see by this image, which is thine own, how utterly thou hast murdered thyself."

yo mismo quien hablaba cuando dijo:

—Has vencido, me rindo. Aun así, también tu estás muerto... muerto para el mundo, para el cielo y para la esperanza. En mí existías tú... y, en mi muerte, ve en esta, que es tu propia imagen, cómo te asesinaste a ti mismo.

THE GOLD-BUG

What ho! what ho! this fellow is dancing mad!
He hath been bitten by the Tarantula.

—All in the Wrong.

Many years ago, I contracted an intimacy with a Mr. William Legrand. He was of an ancient Huguenot family, and had once been wealthy; but a series of misfortunes had reduced him to want. To avoid the mortification consequent upon his disasters, he left New Orleans, the city of his forefathers, and took up his residence at Sullivan's Island, near Charleston, South Carolina.

This Island is a very singular one. It consists of little else than the sea sand, and is about three miles long. Its breadth at no point exceeds a quarter of a mile. It is separated from the main land by a scarcely perceptible creek, oozing its way through a wilderness of reeds and slime, a favorite resort of the marsh hen. The vegetation, as might be supposed, is scant, or at least dwarfish. No trees of any magnitude are to be seen. Near the western extremity, where Fort Moultrie stands, and where are some miserable frame buildings, tenanted, during summer, by the fugitives from Charleston dust and fever, may be found, indeed, the bristly palmetto; but the whole island, with the exception of this western point, and a line of hard, white beach on the seacoast, is covered with a dense undergrowth of the sweet myrtle, so much prized by the horticulturists of England. The shrub here often attains the height of fifteen or twenty feet, and forms an almost impenetrable coppice, burthening the air with its fragrance.

In the inmost recesses of this coppice, not far from the eastern or more remote end of the island, Legrand had built himself a small hut, which he occupied when I first, by mere accident, made his acquaintance. This soon ripened into friendship—for there was much in the recluse to excite interest and esteem. I found him well educated, with unusual powers of mind, but infected with misanthropy, and subject to perverse moods of alternate enthusiasm and melancholy. He had with him many books, but rarely employed them. His chief amusements were gunning and fishing, or sauntering along the beach and through the myrtles,

EL ESCARABAJO DE ORO

¡Hola, hola! ¡Este sujeto sí que baila como loco!
Ha sido mordido por la tarántula.

—Todos aquellos que están equivocados.

Varios años atrás entablé una amistad íntima con un tal señor William Legrand. Provenía de una antigua familia hugonote y supo
alguna vez ser rico; pero una serie de infortunios le llevaron a la po-
breza. Para evitar la mortificación, consecuencia de sus desastres,
se marchó de Nueva Orleans, la ciudad de sus antepasados, y se
mudó a la isla de Sullivan, cerca de Charleston, en Carolina del Sur.

Esta es una isla muy particular. Está formada por poco más que
la arena del mar y tiene una extensión de unos cinco kilómetros de
largo. No excede los cuatrocientos metros de ancho en ningún punto. Está separada del área continental por un arroyo apenas visible,
que serpentea a través de cañas y limo, lugar frecuentado por patos
silvestres. La vegetación, como es de suponer, es escasa y la que se
puede encontrar, muy baja. No se hallan árboles de ningún tamaño. Es verdad que cerca de la punta occidental, donde se alzan el
Fuerte Moultrie y algunas casuchas, ocupadas durante los veranos
por quienes huyen de la fiebre y el polvo de Charleston, se puede
encontrar la palmera erizada; pero toda la isla, con la excepción de
esta punta occidental y una playa de arena blanca y dura, está cubierta por espesos mirtos dulces, tan preciados por los horticultores
ingleses. El arbusto a menudo llega aquí hasta cinco o seis metros
de altura y forma una impenetrable espesura que impregna el aire
con su fragancia.

En las entrañas de esta espesura, no lejos de la punta más oriental
y remota de la isla, Legrand se había construido una pequeña cabaña, que habitaba cuando por primera vez, y por mera casualidad,
le conocí. Rápidamente nos volvimos amigos, ya que había mucho
del ermitaño que generaba interés y estima. Lo hallé bien educa-
do e inusualmente inteligente, pero infectado por la misantropía y
sujeto a perversos cambios de ánimo, entre el entusiasmo y la melancolía. Tenía consigo muchos libros, aunque poco uso les daba. Su
principal entretenimiento consistía en la caza y la pesca, o pasear
por la playa y entre los mirtos en busca de conchas o especímenes

in quest of shells or entomological specimens—his collection of the latter might have been envied by a Swammerdamm. In these excursions he was usually accompanied by an old negro, called Jupiter, who had been manumitted before the reverses of the family, but who could be induced, neither by threats nor by promises, to abandon what he considered his right of attendance upon the footsteps of his young "Massa Will." It is not improbable that the relatives of Legrand, conceiving him to be somewhat unsettled in intellect, had contrived to instil this obstinacy into Jupiter, with a view to the supervision and guardianship of the wanderer.

The winters in the latitude of Sullivan's Island are seldom very severe, and in the fall of the year it is a rare event indeed when a fire is considered necessary. About the middle of October, 18—, there occurred, however, a day of remarkable chilliness. Just before sunset I scrambled my way through the evergreens to the hut of my friend, whom I had not visited for several weeks—my residence being, at that time, in Charleston, a distance of nine miles from the island, while the facilities of passage and re-passage were very far behind those of the present day. Upon reaching the hut I rapped, as was my custom, and getting no reply, sought for the key where I knew it was secreted, unlocked the door and went in. A fine fire was blazing upon the hearth. It was a novelty, and by no means an ungrateful one. I threw off an overcoat, took an arm-chair by the crackling logs, and awaited patiently the arrival of my hosts.

Soon after dark they arrived, and gave me a most cordial welcome. Jupiter, grinning from ear to ear, bustled about to prepare some marsh-hens for supper. Legrand was in one of his fits—how else shall I term them?—of enthusiasm. He had found an unknown bivalve, forming a new genus, and, more than this, he had hunted down and secured, with Jupiter's assistance, a *scarabæus* which he believed to be totally new, but in respect to which he wished to have my opinion on the morrow.

"And why not to-night?" I asked, rubbing my hands over the blaze, and wishing the whole tribe of *scarabæi* at the devil.

entomológicos; su colección de estos últimos bien podría haber sido envidiada por un Swammerdamm. En estas excursiones, por lo general le acompañaba un negro llamado Júpiter, que había sido manumitido antes de los reveses de la familia, pero al que no se le podía convencer, ni por amenazas ni promesas, de abandonar lo que este consideraba su derecho a acompañar los pasos de su joven amo Will. No es improbable que los parientes de Legrand, al concebirlo como algo enturbiado en su intelecto, le hayan inculcado esta obstinación a Júpiter, para que este vigile y acompañe al peregrino.

Los inviernos en la latitud de la isla de Sullivan son rara vez cruentos y para fin de año es inusual que se considere necesario encender un fuego. Sin embargo, a mediados de octubre de 18..., hubo un día de frío notable. Justo antes de la puesta del sol me abrí paso entre la frondosidad hacia la cabaña de mi amigo, a quien no visitaba hace ya varias semanas, dado que vivía yo por ese entonces en Charleston, a unos catorce kilómetros de la isla, y para esa época no era tan fácil entrar y salir de la isla como hoy en día. Al llegar a la cabaña llamé, como de costumbre, y al no recibir respuesta, busqué la llave donde sabía que estaba escondida, abrí la puerta y entré. Un buen fuego llameaba en el hogar. Era una sorpresa, y una bastante agradable. Me quité el sobretodo, me acomodé en una silla cerca de la leña chispeante y esperé pacientemente a que vinieran mis anfitriones.

Llegaron poco después de que oscureciera y me dieron la más cordial bienvenida. Júpiter, con una sonrisa de oreja a oreja, se apresuró a preparar unos patos silvestres para cenar. Legrand atravesaba uno de sus episodios —¿cómo más denominarlos?— de entusiasmo. Había hallado un bivalvo desconocido de un nuevo género y no solo eso, sino que había cazado y atrapado, con la ayuda de Júpiter, un escarabajo que según creía, era totalmente nuevo, aunque esperaba tener mi opinión sobre él por la mañana.

—¿Y por qué no esta noche? —pregunté, mientras frotaba mis manos sobre la llama, deseando mandar al diablo a toda la tribu de escarabajos.

"Ah, if I had only known you were here!" said Legrand, "but it's so long since I saw you; and how could I foresee that you would pay me a visit this very night of all others? As I was coming home I met Lieutenant G——, from the fort, and, very foolishly, I lent him the bug; so it will be impossible for you to see it until the morning. Stay here to-night, and I will send Jup down for it at sunrise. It is the loveliest thing in creation!"

"What?—sunrise?"

"Nonsense! no!—the bug. It is of a brilliant gold color—about the size of a large hickory-nut—with two jet black spots near one extremity of the back, and another, somewhat longer, at the other. The *antennæ* are—"

"Dey aint no tin in him, Massa Will, I keep a tellin on you," here interrupted Jupiter; "de bug is a goole bug, solid, ebery bit of him, inside and all, sep him wing—neber feel half so hebby a bug in my life."

"Well, suppose it is, Jup," replied Legrand, somewhat more earnestly, it seemed to me, than the case demanded, "is that any reason for your letting the birds burn? The color"—here he turned to me—"is really almost enough to warrant Jupiter's idea. You never saw a more brilliant metallic lustre than the scales emit—but of this you cannot judge till tomorrow. In the mean time I can give you some idea of the shape." Saying this, he seated himself at a small table, on which were a pen and ink, but no paper. He looked for some in a drawer, but found none.

"Never mind," said he at length, "this will answer;" and he drew from his waistcoat pocket a scrap of what I took to be very dirty foolscap, and made upon it a rough drawing with the pen. While he did this, I retained my seat by the fire, for I was still chilly. When the design was complete, he handed it to me without rising. As I received it, a loud growl was heard, succeeded by a scratching at the door. Jupiter opened it, and a large Newfoundland, belonging to Legrand, rushed in, leaped upon my shoulders, and loaded me with caresses; for I had shown him much attention during previous visits. When his gambols were over, I looked at the paper,

—Ah, ¡de haber sabido que estaba aquí! —respondió Legrand—. Pero hace tanto que no lo veía y ¿cómo podía prever que me visitaría justo esta noche, de entre todas? Mientras volvía a casa me encontré con el teniente G..., del fuerte, e ingenuamente le presté el insecto; por lo que será imposible que usted lo vea hasta mañana. Quédese esta noche y mandaré a Jup a buscarlo al amanecer. ¡Es lo más hermoso de la creación!

—¿Qué cosa? ¿El amanecer?

—¡Claro que no! El insecto. Es de un dorado brillante, del tamaño de una nuez pecan grande, con dos manchas de color negro intenso, una cerca de una extremidad trasera y la otra, un poco más grande, en la otra. Las antenas son...

—No hay estaño en él, amo Will, se lo repito —interrumpió Júpiter—, el insecto es de oro macizo, cada parte suya, adentro también, excepto su ala. Nunca sostuve un insecto tan pesado en mi vida.

—Bueno, Jup, supongamos que es así —respondió Legrand; de forma más sincera, me pareció, que lo que ameritaba la situación—. ¿Es eso razón para dejar que se quemen las aves? El color —dijo, dirigiéndose hacia mí— es casi suficiente para justificar la idea de Júpiter. Nunca habrá visto un reflejo metálico tan brillante como el que emiten sus escamas, pero no podrá juzgar esto hasta mañana. Por ahora puedo darle una idea de su forma. —Mientras decía esto se sentó en una mesita en la que había tinta y una pluma, pero no papel. Buscó en un cajón, pero no encontró.

—No importa —dijo finalmente—, con esto bastará. Sacó entonces del bolsillo de su chaleco un trozo de lo que me pareció un papel bastante sucio, en el que dibujó un bosquejo con la pluma. Mientras tanto, me mantuve sentado junto al fuego, ya que aún tenía frío. Al terminar su diseño, me lo entregó sin levantarse. Cuando lo recibí se oyó un fuerte gruñido, seguido de arañazos en la puerta. Júpiter abrió y un gran terranova, que pertenecía a Legrand, se abalanzó y trepando a mis hombros me llenó de caricias; pues le había prestado mucha atención durante mis visitas anteriores. Una vez hubo terminado de juguetear miré el papel y, a decir verdad, me hallé per-

and, to speak the truth, found myself not a little puzzled at what my friend had depicted.

"Well!" I said, after contemplating it for some minutes, "this *is* a strange *scarabæus*, I must confess: new to me: never saw anything like it before—unless it was a skull, or a death's-head—which it more nearly resembles than anything else that has come under *my* observation."

"A death's-head!" echoed Legrand. "Oh—yes—well, it has something of that appearance upon paper, no doubt. The two upper black spots look like eyes, eh? and the longer one at the bottom like a mouth—and then the shape of the whole is oval."

"Perhaps so," said I; "but, Legrand, I fear you are no artist. I must wait until I see the beetle itself, if I am to form any idea of its personal appearance."

"Well, I don't know," said he, a little nettled, "I draw tolerably— *should* do it at least—have had good masters, and flatter myself that I am not quite a blockhead."

"But, my dear fellow, you are joking then," said I, "this is a very passable *skull*—indeed, I may say that it is a very *excellent* skull, according to the vulgar notions about such specimens of physiology—and your *scarabæus* must be the queerest *scarabæus* in the world if it resembles it. Why, we may get up a very thrilling bit of superstition upon this hint. I presume you will call the bug *scarabæus caput hominis*, or something of that kind—there are many similar titles in the Natural Histories. But where are the *antennæ* you spoke of?"

"The *antennæ!*" said Legrand, who seemed to be getting unaccountably warm upon the subject; "I am sure you must see the *antennæ*. I made them as distinct as they are in the original insect, and I presume that is sufficient."

"Well, well," I said, "perhaps you have—still I don't see them;" and I handed him the paper without additional remark, not wishing to ruffle his temper; but I was much surprised at the

plejo ante lo retratado por mi amigo.

—¡Bien! —dije luego de observarlo por unos minutos—, este sí que es un escarabajo extraño, debo confesar que es nuevo para mí y nunca antes vi algo igual, salvo algún cráneo o una calavera, a lo que, por cierto, se parece más de entre las cosas que alguna vez haya visto.

—¡Una calavera! —repitió Legrand—. Bueno, sí, sin duda se asemeja un poco en el papel. Las dos manchas superiores parecen ojos, ¿no? Y la más larga, abajo, parece una boca, y su forma es ovalada.

—Tal vez —dije—, pero Legrand, me temo que no es usted artista. Debo esperar hasta ver el escarabajo por mí mismo si es que quiero formarme una idea de su apariencia.

—Bueno, no lo sé —dijo él, un poco molesto—, mi dibujo es decente, *debería* serlo al menos, he tenido buenos maestros y me jacto de no ser un inútil.

—Pero entonces, querido compañero, ha de estar bromeando —dije—, este es un *cráneo* bastante decente, podría hasta decir *excelente*, según las vulgares nociones sobre tales ejemplares de fisiología; su escarabajo debe ser el más extraño del mundo si se asemeja a uno de estos. Podríamos hasta inventar una suerte de superstición acerca de esto. Imagino que lo nombrará *scarabous caput hominis* o algo por el estilo, ya existen varios nombres similares en las historias naturales. Pero ¿qué hay de las antenas que mencionaba?

—¡Las antenas! —dijo Legrand, que parecía exacerbarse cada vez más con el tema—. Seguro que puede usted ver las antenas. Las hice tan distintivas como son en el insecto original, asumo que eso bastará.

—Bien, bien —dije—. Tal vez lo hizo, pero aun así no las veo. —Y le entregué el papel sin más comentario, deseando no turbar su humor; pero estaba muy sorprendido por el giro que tomó la cuestión.

turn affairs had taken; his ill humor puzzled me—and, as for the drawing of the beetle, there were positively *no antennæ* visible, and the whole *did* bear a very close resemblance to the ordinary cuts of a death's-head.

He received the paper very peevishly, and was about to crumple it, apparently to throw it in the fire, when a casual glance at the design seemed suddenly to rivet his attention. In an instant his face grew violently red—in another as excessively pale. For some minutes he continued to scrutinize the drawing minutely where he sat. At length he arose, took a candle from the table, and proceeded to seat himself upon a sea-chest in the farthest corner of the room. Here again he made an anxious examination of the paper; turning it in all directions. He said nothing, however, and his conduct greatly astonished me; yet I thought it prudent not to exacerbate the growing moodiness of his temper by any comment. Presently he took from his coat pocket a wallet, placed the paper carefully in it, and deposited both in a writing-desk, which he locked. He now grew more composed in his demeanor; but his original air of enthusiasm had quite disappeared. Yet he seemed not so much sulky as abstracted. As the evening wore away he became more and more absorbed in reverie, from which no sallies of mine could arouse him. It had been my intention to pass the night at the hut, as I had frequently done before, but, seeing my host in this mood, I deemed it proper to take leave. He did not press me to remain, but, as I departed, he shook my hand with even more than his usual cordiality.

It was about a month after this (and during the interval I had seen nothing of Legrand) when I received a visit, at Charleston, from his man, Jupiter. I had never seen the good old negro look so dispirited, and I feared that some serious disaster had befallen my friend.

"Well, Jup," said I, "what is the matter now?—how is your master?"

"Why, to speak de troof, massa, him not so berry well as mought be."

Su mal humor me intrigaba y en cuanto al dibujo del escarabajo, estaba seguro de que *no* tenía antenas y que se *asemejaba* bastante a la imagen de una calavera.

Recibió el papel de mala gana y estaba a punto de arrugarlo y, por lo visto, lanzarlo al fuego cuando una mirada casual al bosquejo pareció captar su atención de repente. De un momento a otro su rostro pasó de un rojo furioso a un blanco pálido. Durante unos minutos permaneció analizando el dibujo en su asiento de forma minuciosa. Un poco después se levantó, tomó una vela de la mesa y procedió a sentarse sobre un baúl ubicado en la otra esquina de la habitación. Allí volvió a examinar ansioso el papel, girándolo en todas direcciones. No obstante, no dijo nada, y su conducta me tomó por sorpresa; aunque creí prudente no exacerbar su creciente cambio de humor con ningún comentario. Entonces tomó una cartera del bolsillo de su abrigo, guardó el papel en ella con cuidado y la depositó en un escritorio, bajo llave. Su comportamiento comenzó a recomponerse, aunque el entusiasmo que transmitía hace pocos minutos había casi desaparecido. Parecía ahora, sin embargo, no tan malhumorado como abstraído. A medida que transcurría la noche un ensueño, del que no pude sacarlo con ningún tipo de ocurrencia, lo envolvía cada vez más y más. Yo pretendía pasar la noche en la cabaña, como había hecho tantas veces antes; pero, al ver a mi anfitrión de este humor, decidí que era mejor marcharme. No insistió en que me quede; aunque, al partir, me estrechó la mano de manera más cordial que de costumbre.

Fue más o menos un mes después (durante el cual no volví a ver a Legrand) que recibí una visita, en Charleston, de su criado Júpiter. Nunca había visto al negro tan desanimado y temí que mi amigo atravesara un serio desastre.

—Y bien, Jup —dije—, ¿qué pasó ahora? ¿Cómo está tu amo?

—Bueno, la verdad, señor, no se encuentra tan bien como podría.

"Not well! I am truly sorry to hear it. What does he complain of?"

"Dar! dat's it!—him neber 'plain of notin'—but him berry sick for all dat."

"*Very* sick, Jupiter!—why didn't you say so at once? Is he confined to bed?"

"No, dat he aint!—he aint 'fin'd nowhar—dat's just whar de shoe pinch—my mind is got to be berry hebby 'bout poor Massa Will."

"Jupiter, I should like to understand what it is you are talking about. You say your master is sick. Hasn't he told you what ails him?"

"Why, massa, 'taint worf while for to git mad about de matter—Massa Will say noffin at all aint de matter wid him—but den what make him go about looking dis here way, wid he head down and he soldiers up, and as white as a gose? And den he keep a syphon all de time—"

"Keeps a what, Jupiter?"

"Keeps a syphon wid de figgurs on de slate—de queerest figgurs I ebber did see. Ise gittin' to be skeered, I tell you. Hab for to keep mighty tight eye 'pon him 'noovers. Todder day he gib me slip 'fore de sun up and was gone de whole ob de blessed day. I had a big stick ready cut for to gib him deuced good beating when he did come—but Ise sich a fool dat I hadn't de heart arter all—he look so berry poorly."

"Eh?—what?—ah yes!—upon the whole I think you had better not be too severe with the poor fellow—don't flog him, Jupiter—he can't very well stand it—but can you form no idea of what has occasioned this illness, or rather this change of conduct? Has anything unpleasant happened since I saw you?"

"No, massa, dey aint bin noffin onpleasant *since* den—'twas *'fore*

—¡No tan bien! De verdad me apena oír eso. ¿Qué lo aqueja?

—¡Nada! ¡Justo ese es el problema! Nunca se queja, pero sí que está muy enfermo.

—¡*Muy* enfermo, Júpiter! ¿Por qué no comenzaste por ahí? ¿Se encuentra en cama?

—¡No, eso sí que no! No se encuentra por ninguna parte, esa es la piedra en mi zapato, mi mente está muy preocupada por el amo Will.

—Júpiter, quisiera entender de qué estás hablando. Me dices que tu amo está enfermo. ¿No te ha dicho qué tiene?

—Bueno, señor, parece que no vale la pena preocuparse por eso, el amo Will dice que no hay ningún problema. Pero entonces, ¿por qué se la pasa de aquí para allá con la cabeza baja y se esfuerza, a pesar de estar tan pálido como un fantasma? Y además se la pasa en la bizarra...

—Júpiter, ¿en la qué?

—Se la pasa dibujando símbolos en la bizarra, los más extraños que jamás he visto. Comienzo a asustarme. Le digo, he tenido que vigilar cada uno de sus movimientos. El otro día se escapó antes de que saliera el sol y no volvió en todo el bendito día. Yo tenía un gran palo preparado con el objetivo de darle una buena paliza cuando volviera, pero soy tan tonto que al final no tuve el coraje, se lo veía muy mal.

—¿Eh...? ¿Cómo...? ¡Ah, sí! Me parece que lo mejor es que no seas muy duro con el pobre. No lo golpees, Júpiter, no creo que lo aguante. Pero ¿tienes alguna idea de qué ha ocasionado esta enfermedad o este cambio de conducta que presenta? ¿Ha ocurrido algo desagradable desde que los visité?

—No señor, no sucedió nada desagradable *desde* entonces, me

den I'm feared—'twas de berry day you was dare."

"How? what do you mean?"

"Why, massa, I mean de bug—dare now."

"The what?"

"De bug,—I'm berry sartain dat Massa Will bin bit somewhere 'bout de head by dat goole-bug."

"And what cause have you, Jupiter, for such a supposition?"

"Claws enuff, massa, and mouff too. I nebber did see sick a deuced bug—he kick and he bite ebery ting what cum near him. Massa Will cotch him fuss, but had for to let him go 'gin mighty quick, I tell you—den was de time he must ha' got de bite. I did n't like de look oh de bug mouff, myself, no how, so I would n't take hold ob him wid my finger, but I cotch him wid a piece ob paper dat I found. I rap him up in de paper and stuff piece ob it in he mouff—dat was de way."

"And you think, then, that your master was really bitten by the beetle, and that the bite made him sick?"

"I do n't tink noffin about it—I nose it. What make him dream 'bout de goole so much, if 'taint cause he bit by de goole-bug? Ise heerd 'bout dem goole-bugs fore dis."

"But how do you know he dreams about gold?"

"How I know? why 'cause he talk about it in he sleep—dat's how I nose."

"Well, Jup, perhaps you are right; but to what fortunate circumstance am I to attribute the honor of a visit from you to-day?"

"What de matter, massa?"

temo que fue *antes*, el mismo día que estuvo allí.

—¿Cómo? ¿A qué te refieres?

—Señor, me refiero al bicho, claro está.

—¿El qué?

—El bicho, estoy casi seguro de que el bicho dorado picó al amo Will en alguna parte de su cabeza.

—¿Y qué te lleva a suponer tal cosa, Júpiter?

—Sus garras, y su buena boca para morder. Nunca vi un insecto tan desquiciado... golpea y muerde todo lo que se le acerca. El amo Will le había atrapado, pero tuvo que largarlo casi de inmediato, se lo digo, y debe haber sido entonces que le mordió. No me gustó como se veía la boca del bicho, para nada, así que no quise sostener con el dedo, pero lo agarré con un trozo de papel que encontré. Lo envolví y puse un pedazo del mismo en su boca, así lo hice.

—¿Entonces crees que realmente tu amo fue mordido por el escarabajo y que esa mordida causó su enfermedad?

—No lo creo, lo sé. ¿Por qué soñaría tanto con el oro si no por causa de la mordida del bicho de oro? Ya había oído de estos bichos de oro antes.

—Pero ¿cómo sabes que sueña con oro?

—¿Cómo? Le he oído hablar entre sueños, así es como.

—Bueno, Júpiter, tal vez tengas razón, pero ¿a qué debo el honor de tu visita el día de hoy?

—¿Qué sucede, señor?

"Did you bring any message from Mr. Legrand?"

"No, massa, I bring dis here pissel;" and here Jupiter handed me a note which ran thus:

> MY DEAR ——Why have I not seen you for so long a time? I hope you have not been so foolish as to take offence at any little *brusquerie* of mine; but no, that is improbable. Since I saw you I have had great cause for anxiety. I have something to tell you, yet scarcely know how to tell it, or whether I should tell it at all.
>
> I have not been quite well for some days past, and poor old Jup annoys me, almost beyond endurance, by his well-meant attentions. Would you believe it?—he had prepared a huge stick, the other day, with which to chastise me for giving him the slip, and spending the day, *solus*, among the hills on the main land. I verily believe that my ill looks alone saved me a flogging.
>
> I have made no addition to my cabinet since we met.
>
> If you can, in any way, make it convenient, come over with Jupiter. *Do* come. I wish to see you to-*night*, upon business of importance. I assure you that it is of the *highest* importance.
>
> Ever yours,
>
> WILLIAM LEGRAND.

There was something in the tone of this note which gave me great uneasiness. Its whole style differed materially from that of Legrand. What could he be dreaming of? What new crotchet possessed his excitable brain? What "business of the highest importance" could he possibly have to transact? Jupiter's account of him boded no good. I dreaded lest the continued pressure of misfortune had, at length, fairly unsettled the reason of my friend. Without a moment's hesitation, therefore, I prepared to accompany the negro.

Upon reaching the wharf, I noticed a scythe and three spades, all apparently new, lying in the bottom of the boat in which we

—¿Traes algún mensaje del señor Legrand?

—No señor, le traigo este pedazo de papel. —Y entonces Júpiter me entregó una nota que decía lo siguiente:

> Querido amigo, ¿por qué llevo tanto tiempo sin verlo? Espero que no sea tan necio de haberse ofendido por alguna de mis brusquedades; aunque lo creo improbable. Desde que lo vi tengo razones para sentir una gran ansiedad. Debo decirle algo, aunque apenas sé cómo hacerlo, o siquiera si debería hacerlo.
>
> Hace algunos días que no me encuentro del todo bien, y el pobre Júpiter me molesta, casi más de lo que puedo soportar, con su atención bienintencionada. ¿Puede creerlo? El otro día tenía preparado un gran palo con el que castigarme por haberme escapado y pasado el día en solitario en las colinas del continente. De verdad creo que lo único que me salvó de la paliza fue mi mal semblante.
>
> No he añadido nada a mi colección desde que nos vimos.
>
> Si puede de alguna forma, y no es inconveniente, venga con Júpiter. *Venga*. Deseo verlo *esta* noche, acerca de un asunto de mayor importancia. Le aseguro que es *muy* importante.
>
> Atentamente,
>
> WILLIAM LEGRAND.

Había algo en el tono de esta nota que me incomodó en gran manera. El estilo era completamente diferente al de Legrand. ¿Con qué podía soñar? ¿Qué nueva maquinación ocupaba su mente agitada? ¿Qué «asunto de mayor importancia» necesitaría resolver? El relato de Júpiter no auspiciaba buenas nuevas. Me preocupé de que la presión continua del infortunio hubiera, al final, turbado por completo la razón de mi amigo. Por lo tanto, sin dudarlo un momento, me preparé para acompañar al negro.

Al llegar al muelle noté que había una guadaña y tres palas de punta que parecían nuevas en el suelo del bote en el que embarca-

were to embark.

"What is the meaning of all this, Jup?" I inquired.

"Him syfe, massa, and spade."

"Very true; but what are they doing here?"

"Him de syfe and de spade what Massa Will sis pon my buying for him in de town, and de debbil's own lot of money I had to gib for 'em."

"But what, in the name of all that is mysterious, is your 'Massa Will' going to do with scythes and spades?"

"Dat's more dan *I* know, and debbil take me if I don't b'lieve 'tis more dan he know, too. But it's all cum ob do bug."

Finding that no satisfaction was to be obtained of Jupiter, whose whole intellect seemed to be absorbed by "de bug," I now stepped into the boat and made sail. With a fair and strong breeze we soon ran into the little cove to the northward of Fort Moultrie, and a walk of some two miles brought us to the hut. It was about three in the afternoon when we arrived. Legrand had been awaiting us in eager expectation. He grasped my hand with a nervous empressement which alarmed me and strengthened the suspicions already entertained. His countenance was pale even to ghastliness, and his deep-set eyes glared with unnatural lustre. After some inquiries respecting his health, I asked him, not knowing what better to say, if he had yet obtained the *scarabæus* from Lieutenant G——.

"Oh, yes," he replied, coloring violently, "I got it from him the next morning. Nothing should tempt me to part with that *scarabæus*. Do you know that Jupiter is quite right about it?"

"In what way?" I asked, with a sad foreboding at heart.

"In supposing it to be a bug of *real gold*." He said this with an air

ríamos.

—¿Qué es todo esto, Jup? —indagué.

—Su guadaña, señor, y sus palas.

—Claro está, pero ¿qué hacen aquí?

—Son la guadaña y las palas que me pidió el amo Will que compré en el pueblo, tuve que pagarlas con el dinero del mismísimo diablo.

—Pero, en nombre de todo lo que es misterioso, ¿para qué quiere tu amo Will guadañas y palas?

—Eso ya es más de lo que sé, que me lleve el diablo si no creo que también es más de lo que él mismo sabe. Pero es todo culpa del bicho.

Al no encontrar satisfacción en la información que me daba Júpiter, cuyo intelecto completo parecía estar absorto en «el bicho», procedí a subirme al bote y navegar. Gracias a la buena y firme brisa llegamos pronto a la pequeña ensenada al norte del Fuerte Moultrie y, tras caminar unos tres kilómetros, llegamos a la cabaña. Eran eso de las tres de la tarde cuando llegamos. Legrand nos esperaba con ansias. Estrechó mi mano con aprensión nerviosa, lo que me alarmó y avivó mis ya encendidas sospechas. Estaba aún más pálido que un fantasma y su mirada clavada y hundida me observaba con un brillo sobrenatural. Después de indagar un poco sobre su salud, le pregunté, ya que creía que era lo mejor, si el teniente G... le había devuelto el escarabajo.

—Oh, sí —me respondió, mientras se tornaba violento—, me lo devolvió la mañana siguiente. Nada debería tentarme a separarme de ese escarabajo. ¿Sabía que Júpiter tenía bastante razón sobre él?

—¿En qué sentido? —pregunté, con una corazonada triste.

—Al suponer que está hecho de oro real. —Me dijo esto con un pro-

of profound seriousness, and I felt inexpressibly shocked.

"This bug is to make my fortune," he continued, with a triumphant smile, "to reinstate me in my family possessions. Is it any wonder, then, that I prize it? Since Fortune has thought fit to bestow it upon me, I have only to use it properly and I shall arrive at the gold of which it is the index. Jupiter; bring me that *scarabæus!*"

"What! de bug, massa? I'd rudder not go fer trubble dat bug—you mus' git him for your own self." Hereupon Legrand arose, with a grave and stately air, and brought me the beetle from a glass case in which it was enclosed. It was a beautiful scarabæus, and, at that time, unknown to naturalists—of course a great prize in a scientific point of view. There were two round, black spots near one extremity of the back, and a long one near the other. The scales were exceedingly hard and glossy, with all the appearance of burnished gold. The weight of the insect was very remarkable, and, taking all things into consideration, I could hardly blame Jupiter for his opinion respecting it; but what to make of Legrand's concordance with that opinion, I could not, for the life of me, tell.

"I sent for you," said he, in a grandiloquent tone, when I had completed my examination of the beetle, "I sent for you, that I might have your counsel and assistance in furthering the views of Fate and of the bug—"

"My dear Legrand," I cried, interrupting him, "you are certainly unwell, and had better use some little precautions. You shall go to bed, and I will remain with you a few days, until you get over this. You are feverish and—"

"Feel my pulse," said he.

I felt it, and, to say the truth, found not the slightest indication of fever.

"But you may be ill and yet have no fever. Allow me this once to prescribe for you. In the first place, go to bed. In the next—"

fundo aire de seriedad, lo que me impactó en sobremanera.

—Este bicho moldeará mi fortuna —continuó, con una sonrisa triunfante—, me devolverá mis riquezas familiares. ¿Es entonces una sorpresa que lo atesore? Ya que la Fortuna ha creído oportuno concedérmelo, solo debo darle un uso correcto y llegaré al oro del que este es solo la señal. Júpiter, ¡trae ese escarabajo!

—¿Qué? ¿El escarabajo, amo? Preferiría no molestar a ese bicho, deberá buscarlo usted mismo. —Entonces Legrand se levantó, con aire grave y señorial y me trajo el escarabajo, que estaba encerrado en un contenedor de cristal. Era un escarabajo hermoso y, al mismo tiempo, desconocido para los naturalistas; por lo que suponía un gran valor desde un punto de vista científico. Había dos manchas negras y redondas cerca de una de sus extremidades traseras y otra mancha más larga cerca de la otra. Sus escamas eran demasiado duras y brillantes, de verdad parecían hechas de oro bruñido. El peso del insecto era destacable y, con todo esto en cuenta, apenas podía culpar a Júpiter por su opinión al respecto; pero que Legrand concordara con esa opinión era algo que no podía llegar a comprender.

—Envié a buscarle... —me dijo, con un tono grandilocuente cuando terminé de examinar al escarabajo—. Envié a buscarle con la esperanza de gozar de su consejo y ayuda para cumplir con los dictámenes del Destino y del bicho...

—Querido Legrand —interrumpí con vehemencia—, veo que no se encuentra bien y debe tomar algunas precauciones. Debería acostarse, yo me quedaré con usted por algunos días, hasta que pueda superar este asunto. Está con fiebre y...

—Tómeme el pulso —me dijo.

Se lo tomé y, a decir verdad, no encontré el menor síntoma de fiebre.

—Pero puede estar enfermo y no tener fiebre. Permítame por esta vez prescribirle, en primer lugar, que se acueste y segundo...

"You are mistaken," he interposed, "I am as well as I can expect to be under the excitement which I suffer. If you really wish me well, you will relieve this excitement."

"And how is this to be done?"

"Very easily. Jupiter and myself are going upon an expedition into the hills, upon the main land, and, in this expedition we shall need the aid of some person in whom we can confide. You are the only one we can trust. Whether we succeed or fail, the excitement which you now perceive in me will be equally allayed."

"I am anxious to oblige you in any way," I replied; "but do you mean to say that this infernal beetle has any connection with your expedition into the hills?"

"It has."

"Then, Legrand, I can become a party to no such absurd proceeding."

"I am sorry—very sorry—for we shall have to try it by ourselves."

"Try it by yourselves! The man is surely mad!—but stay!—how long do you propose to be absent?"

"Probably all night. We shall start immediately, and be back, at all events, by sunrise."

"And will you promise me, upon your honor, that when this freak of yours is over, and the bug business (good God!) settled to your satisfaction, you will then return home and follow my advice implicitly, as that of your physician?"

"Yes; I promise; and now let us be off, for we have no time to lose."

With a heavy heart I accompanied my friend. We started about

—Se equivoca —interpuso—, me encuentro tan bien como se puede esperar de alguien tan emocionado como yo. Si de verdad me desea el bien, me ayudará a aliviar esta emoción.

—¿Y cómo he de hacerlo?

—Muy sencillo. Júpiter y yo iremos de expedición hacia las colinas del continente y en esta expedición necesitaremos de la ayuda de alguien de confianza. Usted es el único en quien podemos confiar. Ya sea que tengamos éxito o no, la emoción que ahora percibe en mí será aplacada de igual forma.

—Me encantaría servirle en cuanto sea posible —respondí—, pero ¿dice que este escarabajo infernal tiene algún tipo de conexión con su expedición en las colinas?

—La tiene.

—Entonces, Legrand, no puedo ser parte de tan absurdo proceder.

—Lo siento… siento tanto que entonces tengamos que intentarlo por nosotros mismos.

—¡Intentarlo ustedes mismos! ¡De verdad que está loco! ¡Quédese! ¿Por cuánto tiempo planea ausentarse?

—Lo más seguro es que toda la noche. Comenzaremos de inmediato y estaremos de vuelta, en cualesquiera de los casos, para el amanecer.

—¿Y me promete, por su honor, que cuando se le pase esta locura y el asunto del bicho (¡por Dios!) quede aclarado para su satisfacción, volverá a su casa y seguirá mi consejo al pie de la letra, como si fuera el de su médico?

—Sí, lo prometo; ahora partamos, no hay tiempo que perder.

Con pesadez en mi corazón acompañé a mi amigo. Partimos a eso

four o'clock—Legrand, Jupiter, the dog, and myself. Jupiter had with him the scythe and spades—the whole of which he insisted upon carrying—more through fear, it seemed to me, of trusting either of the implements within reach of his master, than from any excess of industry or complaisance. His demeanor was dogged in the extreme, and "dat deuced bug" were the sole words which escaped his lips during the journey. For my own part, I had charge of a couple of dark lanterns, while Legrand contented himself with the *scarabæus*, which he carried attached to the end of a bit of whip-cord; twirling it to and fro, with the air of a conjuror, as he went. When I observed this last, plain evidence of my friend's aberration of mind, I could scarcely refrain from tears. I thought it best, however, to humor his fancy, at least for the present, or until I could adopt some more energetic measures with a chance of success. In the mean time I endeavored, but all in vain, to sound him in regard to the object of the expedition. Having succeeded in inducing me to accompany him, he seemed unwilling to hold conversation upon any topic of minor importance, and to all my questions vouchsafed no other reply than "we shall see!"

We crossed the creek at the head of the island by means of a skiff, and, ascending the high grounds on the shore of the main land, proceeded in a northwesterly direction, through a tract of country excessively wild and desolate, where no trace of a human footstep was to be seen. Legrand led the way with decision; pausing only for an instant, here and there, to consult what appeared to be certain landmarks of his own contrivance upon a former occasion.

In this manner we journeyed for about two hours, and the sun was just setting when we entered a region infinitely more dreary than any yet seen. It was a species of table land, near the summit of an almost inaccessible hill, densely wooded from base to pinnacle, and interspersed with huge crags that appeared to lie loosely upon the soil, and in many cases were prevented from precipitating themselves into the valleys below, merely by the support of the trees against which they reclined. Deep ravines, in various directions, gave an air of still sterner solemnity to the scene.

de las cuatro en punto, Legrand, Júpiter, el perro y yo. Júpiter llevaba consigo la guadaña y las palas. Insistió en llevarlas él, me pareció, más por miedo de dejar cualesquiera de ellas al alcance de su amo que por mero placer o ganas de servir. Su comportamiento se había vuelto arisco en extremo y «ese maldito bicho» fueron las únicas palabras que escaparon de sus labios durante el viaje. Por mi parte, cargaba con un par de linternas de persiana, mientras que Legrand se contentaba con el escarabajo, que llevaba atado al extremo de una cuerda, girándolo de aquí para allá con aires de hechicero mientras caminaba. Al observar esto último, evidencia clara de la inestabilidad mental de mi amigo, apenas pude contener las lágrimas. Creí más oportuno, sin embargo, seguirle la corriente; al menos por ahora, o hasta que pudiera adoptar medidas más enérgicas con posibilidades de éxito. Mientras tanto me propuse, aunque en vano, cuestionarlo acerca del objetivo de la expedición. Al haberme inducido con éxito a acompañarlo, parecía reacio a hablar sobre cualquier tema de menor importancia y ante cualquiera de mis preguntas no ofrecía más respuesta que: «ya veremos».

Cruzamos en un esquife la ensenada en la punta de la isla y al trepar por los altos terrenos de la costa continental procedimos en dirección al norte, a través de un trecho de campiña muy silvestre y desolada, sin ningún rastro de huella humana a la vista. Legrand guiaba decidido el camino; haciendo una pausa solo por instantes, aquí y allá, para consultar de vez en cuando lo que parecían ciertos puntos que, para él, eran de referencia.

De esta forma continuamos el viaje por casi dos horas. El sol se ocultaba cuando entramos en una región infinitamente más lúgubre que cualquiera de las anteriores. Era una especie de meseta, cerca de la cima de una colina casi inaccesible, poblada por un denso bosque desde la base hasta el pináculo e intercalada con enormes peñones que emergían y yacían sobre la tierra; en muchos casos estos no caían hacia los valles inferiores únicamente a causa del soporte de los árboles contra los que se reclinaban. Los profundos desfiladeros que salían en todas direcciones brindaban un aire de solemnidad aún más terrorífica al paisaje.

The natural platform to which we had clambered was thickly overgrown with brambles, through which we soon discovered that it would have been impossible to force our way but for the scythe; and Jupiter, by direction of his master, proceeded to clear for us a path to the foot of an enormously tall tulip-tree, which stood, with some eight or ten oaks, upon the level, and far surpassed them all, and all other trees which I had then ever seen, in the beauty of its foliage and form, in the wide spread of its branches, and in the general majesty of its appearance. When we reached this tree, Legrand turned to Jupiter, and asked him if he thought he could climb it. The old man seemed a little staggered by the question, and for some moments made no reply. At length he approached the huge trunk, walked slowly around it, and examined it with minute attention. When he had completed his scrutiny, he merely said,

"Yes, massa, Jup climb any tree he ebber see in he life."

"Then up with you as soon as possible, for it will soon be too dark to see what we are about."

"How far mus go up, massa?" inquired Jupiter.

"Get up the main trunk first, and then I will tell you which way to go—and here—stop! take this beetle with you."

"De bug, Massa Will!—de goole-bug!" cried the negro, drawing back in dismay—"what for mus tote de bug way up de tree?—d—n if I do!"

"If you are afraid, Jup, a great big negro like you, to take hold of a harmless little dead beetle, why you can carry it up by this string—but, if you do not take it up with you in some way, I shall be under the necessity of breaking your head with this shovel."

"What de matter now, massa?" said Jup, evidently shamed into compliance; "always want for to raise fuss wid old nigger. Was only funnin any how. *Me* feered de bug! what I keer for de bug?" Here he took cautiously hold of the extreme end of the string, and, maintaining the insect as far from his person as circumstances

La plataforma natural que habíamos escalado estaba sobrepoblada de densas zarzas, a través de las cuales descubrimos que sería imposible abrirnos paso sin la guadaña. Júpiter, por orden de su amo procedió a despejar un camino hacia la base de un enorme tulipanero que se erguía y sobrepasaba a los ocho o diez robles junto a los que compartía plataforma; incluso diría que sobrepasaba a todos los otros árboles que alguna vez hubiera visto, en la hermosura de su follaje y forma, en el ancho de sus ramas y en la majestuosidad general de su apariencia. Cuando llegamos a este árbol, Legrand se dirigió a Júpiter para preguntarle si creía posible treparlo. Este último pareció un poco asombrado por la pregunta y por unos momentos no respondió. Finalmente se acercó al enorme tronco, caminó lentamente alrededor y lo examinó con atención minuciosa. Una vez completado su escrutinio se limitó a decir:

—Sí, amo, Jup trepa cualquier árbol que vea en su vida.

—Entonces ponte a ello lo antes posible, ya que pronto habrá oscurecido demasiado para poder ver lo que hacemos.

—¿Hasta dónde debo subir, amo? —preguntó Júpiter.

—Sube al tronco primero y entonces te indicaré por donde ir ¡pero espera!, toma, lleva el escarabajo contigo.

—¡El bicho, amo Will! ¡El bicho dorado! —Se quejó el negro, mientras retrocedía disgustado—. ¿Por qué debo llevar el bicho arriba del árbol? ¡Maldita sea!

—Si un negro grande como tú, Jup, tiene miedo de cargar un inofensivo y pequeño escarabajo muerto, puedes llevarlo con esta cuerda, pero si no lo llevas contigo de alguna forma, me veré en la necesidad de partir tu cabeza con esta pala.

—¿Qué sucede, amo? —dijo Jup, por lo visto avergonzado y dispuesto a cumplir—, siempre toma de punto al viejo negro. De todas formas, solo era una broma. *¿Yo* miedo al bicho? ¿Qué me importa el bicho? —Entonces tomó con cuidado el extremo de la cuerda, mientras mantenía al insecto tan lejos como le era posible y se preparó a

would permit, prepared to ascend the tree.

In youth, the tulip-tree, or *Liriodendron Tulipferum*, the most magnificent of American foresters, has a trunk peculiarly smooth, and often rises to a great height without lateral branches; but, in its riper age, the bark becomes gnarled and uneven, while many short limbs make their appearance on the stem. Thus the difficulty of ascension, in the present case, lay more in semblance than in reality. Embracing the huge cylinder, as closely as possible, with his arms and knees, seizing with his hands some projections, and resting his naked toes upon others, Jupiter, after one or two narrow escapes from falling, at length wriggled himself into the first great fork, and seemed to consider the whole business as virtually accomplished. The risk of the achievement was, in fact, now over, although the climber was some sixty or seventy feet from the ground.

"Which way mus go now, Massa Will?" he asked.

"Keep up the largest branch—the one on this side," said Legrand. The negro obeyed him promptly, and apparently with but little trouble; ascending higher and higher, until no glimpse of his squat figure could be obtained through the dense foliage which enveloped it. Presently his voice was heard in a sort of halloo.

"How much fudder is got for go?"

"How high up are you?" asked Legrand.

"Ebber so fur," replied the negro; "can see de sky fru de top ob de tree."

"Never mind the sky, but attend to what I say. Look down the trunk and count the limbs below you on this side. How many limbs have you passed?"

"One, two, tree, four, fibe—I done pass fibe big limb, massa, pon dis side."

"Then go one limb higher."

escalar el árbol.

Cuando es joven, el tulipanero, o *Liriodendron Tulipferum*, el árbol más magnífico de los bosques estadounidenses, presenta un tronco peculiarmente suave y a menudo emerge hasta una gran altura sin ramas laterales; pero, en sus años más maduros, la corteza forma nudos e imperfecciones y varias ramas pequeñas aparecen en su tallo. Por lo tanto, en este caso, la dificultad de escalarlo era menor de lo que aparentaba. Júpiter se aferró al gran cilindro tan fuerte como pudo con sus brazos y rodillas, alcanzando con las manos algunos brotes y apoyando sus pies descalzos uno sobre otro. Tras una o dos ocasiones donde casi cae al suelo llegó al fin hasta la primera ramificación y pareció considerar la empresa como virtualmente completa. El riesgo de conseguirlo había, ahora, acabado; aunque el escalador se encontraba a unos veinte metros del suelo.

—¿Hacia dónde debo ir ahora, amo Will? — preguntó.

—Mantente en la rama más grande, la de este lado —dijo Legrand. El negro le obedeció en el instante y aparentemente sin mayor problema. Continuó el ascenso cada vez más alto, hasta que no se podía ver su figura agachada a través del denso follaje que lo envolvía. De repente se oyó su voz distante.

—¿Cuánto más debo seguir?

—¿Qué tan alto te encuentras? —preguntó Legrand.

—Lo suficiente —replicó el negro—, puedo ver el cielo desde la cima del árbol.

—No importa el cielo, presta atención a lo que te digo. Mira hacia abajo del tronco y cuenta cuántas ramas hay de tu lado. ¿Cuántas ramas subiste?

—Una, dos, tres, cuatro, cinco... he subido por cinco ramas grandes de este lado, amo.

—Entonces sube una rama más.

In a few minutes the voice was heard again, announcing that the seventh limb was attained.

"Now, Jup," cried Legrand, evidently much excited, "I want you to work your way out upon that limb as far as you can. If you see anything strange, let me know." By this time what little doubt I might have entertained of my poor friend's insanity, was put finally at rest. I had no alternative but to conclude him stricken with lunacy, and I became seriously anxious about getting him home. While I was pondering upon what was best to be done, Jupiter's voice was again heard.

"Mos feerd for to ventur pon dis limb berry far—'tis dead limb putty much all de way."

"Did you say it was a dead limb, Jupiter?" cried Legrand in a quavering voice.

"Yes, massa, him dead as de door-nail—done up for sartain— done departed dis here life."

"What in the name heaven shall I do?" asked Legrand, seemingly in the greatest distress.

"Do!" said I, glad of an opportunity to interpose a word, "why come home and go to bed. Come now!—that's a fine fellow. It's getting late, and, besides, you remember your promise."

"Jupiter," cried he, without heeding me in the least, "do you hear me?"

"Yes, Massa Will, hear you ebber so plain."

"Try the wood well, then, with your knife, and see if you think it very rotten."

"Him rotten, massa, sure nuff," replied the negro in a few moments, "but not so berry rotten as mought be. Mought ventur out leetle way pon de limb by myself, dat's true."

Unos minutos más tarde se oyó la voz de nuevo, que anunciaba que él había alcanzado la séptima rama.

—Ahora, Jup —gritó Legrand, cuya emoción era evidente—, quiero que avances tanto como puedas por esa rama. Cualquier cosa extraña que veas, házmelo saber. —Para entonces toda duda que me atormentaba acerca de la condición mental de mi amigo se acalló. No tuve otra alternativa que aceptar que estaba atacado por la locura, por lo que mis ansias de llevarlo a su casa crecieron. Mientras pensaba en qué sería lo mejor que se podía hacer, se oyó otra vez la voz de Júpiter.

—Tengo miedo de avanzar más en esta rama, está casi completamente muerta.

—¿Dijiste que es una rama muerta, Júpiter? —gritó Legrand con voz temblorosa.

—Sí, amo, muerta como clavo oxidado, estoy seguro; ya dejó esta vida hace tiempo.

—Por todos los cielos, ¿qué debería hacer? —se preguntó Legrand, al parecer bajo un gran estrés.

—¡Eso! —dije, contento por la oportunidad de al fin poder hablar—. Debe volver a casa y acostarse. ¡Vayamos ahora! Eso es. Se hace tarde y, además, debe recordar su promesa.

—¡Júpiter! —gritó, sin prestarme atención—. ¿Puedes oírme?

—Sí, amo Will, le puedo oír bien.

—Prueba la madera con tu cuchillo y fíjate si está demasiado podrida.

—Está podrida, amo, eso seguro —respondió el negro momentos después—, pero podría estar más podrida. Puedo aventurarme un poco más yo solo, eso puede ser.

"By yourself!—what do you mean?"

"Why I mean de bug. 'Tis *berry* hebby bug. Spose I drop him down fuss, and den de limb won't break wid just de weight ob one nigger."

"You infernal scoundrel!" cried Legrand, apparently much relieved, "what do you mean by telling me such nonsense as that? As sure as you drop that beetle I'll break your neck. Look here, Jupiter, do you hear me?"

"Yes, massa, needn't hollo at poor nigger dat style."

"Well! now listen!—if you will venture out on the limb as far as you think safe, and not let go the beetle, I'll make you a present of a silver dollar as soon as you get down."

"I'm gwine, Massa Will—deed I is," replied the negro very promptly—"mos out to the eend now."

"*Out to the end!*" here fairly screamed Legrand, "do you say you are out to the end of that limb?"

"Soon be to de eend, massa,—o-o-o-o-oh! Lor-gol-a-marcy! what is dis here pon de tree?"

"Well!" cried Legrand, highly delighted, "what is it?"

"Why taint noffin but a skull—somebody bin lef him head up de tree, and de crows done gobble ebery bit ob de meat off."

"A skull, you say!—very well—how is it fastened to the limb?— what holds it on?"

"Sure nuff, massa; mus look. Why dis berry curous sarcumstance, pon my word—dare's a great big nail in de skull, what fastens ob it on to de tree."

"Well now, Jupiter, do exactly as I tell you—do you hear?"

—¡Tú solo! ¿Qué quieres decir?

—Hablo del bicho. Es un bicho *muy* pesado. Suponga que lo dejo caer y así la rama no se romperá con el peso de solo un negro.

—¡Canalla infernal! —gritó Legrand, que parecía más animado—. ¿Qué quieres decir con semejante tontería? Ni bien sueltes ese escarabajo te romperé el cuello. ¡Mírame, Júpiter! ¿Me oyes?

—Sí, amo, no hace falta que le grite así al pobre negro.

—¡Bueno, ahora escucha! Si avanzas por la rama tanto como veas seguro y no sueltas al escarabajo, te regalaré un dólar de plata ni bien bajes.

—Ya voy, amo Will, desde luego —respondió rápidamente el negro—. Estoy en el borde ahora.

—¡*En el borde*! —gritó Legrand con fuerza—. ¿Me dices que estás en el final de esa rama?

—Cerca del final, amo, ¡o-o-o-o-h! ¡Dios mío! ¿Qué es esto que está en el árbol?

—¿Y bien? —gritó Legrand, bastante complacido—. ¿Qué es?

—Nada más ni nada menos que una calavera, alguien se dejó la cabeza aquí arriba y los cuervos ya se comieron toda su carne.

—¡Una calavera, dices! Muy bien, ¿de qué forma está asegurada a la rama? ¿qué la mantiene unida?

—Sí que está sostenida, amo, pero debo ver bien. Que curiosa circunstancia, lo juro. Hay un gran clavo en la calavera que la asegura a la rama.

—Bueno, Júpiter, haz exactamente lo que te pido, ¿me oyes?

"Yes, massa."

"Pay attention, then—find the left eye of the skull."

"Hum! hoo! dat's good! why dare aint no eye lef at all."

"Curse your stupidity! do you know your right hand from your left?"

"Yes, I knows dat—knows all about dat—'tis my lef hand what I chops de wood wid."

"To be sure! you are left-handed; and your left eye is on the same side as your left hand. Now, I suppose, you can find the left eye of the skull, or the place where the left eye has been. Have you found it?"

Here was a long pause. At length the negro asked,

"Is de lef eye of de skull pon de same side as de lef hand of de skull, too?—cause de skull aint got not a bit ob a hand at all— nebber mind! I got de lef eye now—here de lef eye! what mus do wid it?"

"Let the beetle drop through it, as far as the string will reach— but be careful and not let go your hold of the string."

"All dat done, Massa Will; mighty easy ting for to put de bug fru de hole—look out for him dare below!"

During this colloquy no portion of Jupiter's person could be seen; but the beetle, which he had suffered to descend, was now visible at the end of the string, and glistened, like a globe of burnished gold, in the last rays of the setting sun, some of which still faintly illumined the eminence upon which we stood. The *scarabæus* hung quite clear of any branches, and, if allowed to fall, would have fallen at our feet. Legrand immediately took the scythe, and cleared with it a circular space, three or four yards in diameter, just beneath the insect, and, having accomplished this, ordered Jupiter to let go the string and come down from the tree.

—Sí, amo.

—Presta atención, busca el ojo izquierdo de la calavera.

—Hmm... ¡Oh! ¡Pero cómo! No hay ningún ojo izquierdo.

—¡Maldita sea tu estupidez! ¿Sabes diferenciar tu izquierda de tu derecha?

—Sí, eso sé, lo sé bien, es con mi mano izquierda que corto la madera.

—¡Muy bien! Eres zurdo y tu ojo izquierdo se encuentra del mismo lado que tu mano izquierda. Ahora, supongo que puedes encontrar el ojo izquierdo de la calavera, o la cavidad en donde este se encontraba. ¿Lo encontraste?

Aquí hubo una larga pausa. Al final el negro preguntó:

—¿El ojo izquierdo de la calavera también está del mismo lado que la mano izquierda de la calavera? Porque la calavera no tiene ninguna mano... ¡No importa! Ya encontré el ojo izquierdo. ¡Aquí está el ojo izquierdo! ¿Qué hago con él?

—Deja caer el escarabajo por él, tanto como permita la cuerda, pero ten cuidado y no sueltes la cuerda.

—Listo, amo Will; tarea fácil pasar el bicho por el agujero. ¡Mírelo como baja!

Durante este coloquio no se podía ver nada de Júpiter; pero el bicho, que él se las arregló para hacer bajar, ya podía verse en la punta de la cuerda y relucía como un globo bañado en oro contra los últimos rayos del sol que se escondía, algunos de los cuales todavía iluminaban de forma leve la eminencia sobre la que estábamos parados. El escarabajo colgaba bastante libre, sin chocar con las ramas y, si hubiera caído, lo hubiera hecho a nuestros pies. Legrand tomó de inmediato la guadaña y despejó un espacio circular, de unos tres metros de diámetro, justo debajo del insecto y, al terminar esto, le ordenó a Júpiter que suelte la cuerda y baje del árbol.

Driving a peg, with great nicety, into the ground, at the precise spot where the beetle fell, my friend now produced from his pocket a tape measure. Fastening one end of this at that point of the trunk, of the tree which was nearest the peg, he unrolled it till it reached the peg, and thence farther unrolled it, in the direction already established by the two points of the tree and the peg, for the distance of fifty feet—Jupiter clearing away the brambles with the scythe. At the spot thus attained a second peg was driven, and about this, as a centre, a rude circle, about four feet in diameter, described. Taking now a spade himself, and giving one to Jupiter and one to me, Legrand begged us to set about digging as quickly as possible.

To speak the truth, I had no especial relish for such amusement at any time, and, at that particular moment, would most willingly have declined it; for the night was coming on, and I felt much fatigued with the exercise already taken; but I saw no mode of escape, and was fearful of disturbing my poor friend's equanimity by a refusal. Could I have depended, indeed, upon Jupiter's aid, I would have had no hesitation in attempting to get the lunatic home by force; but I was too well assured of the old negro's disposition, to hope that he would assist me, under any circumstances, in a personal contest with his master. I made no doubt that the latter had been infected with some of the innumerable Southern superstitions about money buried, and that his phantasy had received confirmation by the finding of the *scarabæus*, or, perhaps, by Jupiter's obstinacy in maintaining it to be "a bug of real gold." A mind disposed to lunacy would readily be led away by such suggestions—especially if chiming in with favorite preconceived ideas—and then I called to mind the poor fellow's speech about the beetle's being "the index of his fortune." Upon the whole, I was sadly vexed and puzzled, but, at length, I concluded to make a virtue of necessity—to dig with a good will, and thus the sooner to convince the visionary, by ocular demonstration, of the fallacy of the opinions he entertained.

The lanterns having been lit, we all fell to work with a zeal worthy a more rational cause; and, as the glare fell upon our persons and implements, I could not help thinking how picturesque a group we composed, and how strange and suspicious our labors must

Luego de clavar una estaca en el suelo con gran cuidado en el lugar preciso donde cayó el escarabajo mi amigo rescató de su bolsillo una cinta de medir. Ajustando una punta al tronco del árbol la desenrolló hasta que alcanzó la estaca y luego la desenrolló un poco más en la dirección ya establecida por las dos puntas, el árbol y la estaca, por una distancia de unos quince metros. Mientras tanto, Júpiter despejaba las zarzas con la guadaña. En el punto alcanzado mediante el proceso se clavó una segunda estaca y cerca de esta, a modo de centro, se describió un rudimentario círculo de más o menos un metro de diámetro. Entonces tomó Legrand una pala, le dio otra a Júpiter y otra a mí, y nos rogó que comenzáramos a cavar lo más pronto posible.

A decir verdad, en ningún momento tuve especial aprecio por tal tarea y, en ese momento en particular, me hubiera negado a ella; ya que la noche estaba al caer y ya me sentía bastante fatigado por el ejercicio que había realizado; pero no vi modo de escapar y temí turbar la serenidad de mi amigo al rechazarlo. Si hubiera contado, sin embargo, con la ayuda de Júpiter, no hubiera dudado en intentar llevar al lunático a su casa a la fuerza; pero conocía lo suficiente al viejo negro como para pensar en que me ayudaría a mí, bajo cualquier circunstancia, en una disputa contra su amo. No tuve duda de que este último había sido infectado con algunas de las innumerables supersticiones sureñas sobre dinero enterrado y que esta fantasía había sido confirmada por el descubrimiento del escarabajo, o tal vez, por la obstinación que tenía Júpiter en sostener que era «un bicho de oro real». Una mente con inclinaciones a la locura estaría pronta a ser guiada por tales insinuaciones, en especial si resonaban con ideas preconcebidas. Entonces recordé lo que dijo el pobre acerca del escarabajo, que era «el índice de su fortuna». En definitiva, me encontraba tristemente fastidiado e intrigado, pero, al final, decidí hacer de la necesidad una virtud y cavar con buena disposición, para así convencer antes al visionario, mediante demostración visual, de la falacia de sus opiniones.

Encendimos las linternas y nos volcamos al trabajo con un celo digno de una causa más racional que esta y, mientras el brillo caía sobre nosotros y nuestras herramientas, no pude evitar pensar en cuán pintoresco era el grupo que formábamos y cuán extraña y sos-

have appeared to any interloper who, by chance, might have stumbled upon our whereabouts.

We dug very steadily for two hours. Little was said; and our chief embarrassment lay in the yelpings of the dog, who took exceeding interest in our proceedings. He, at length, became so obstreperous that we grew fearful of his giving the alarm to some stragglers in the vicinity—or, rather, this was the apprehension of Legrand;—for myself, I should have rejoiced at any interruption which might have enabled me to get the wanderer home. The noise was, at length, very effectually silenced by Jupiter, who, getting out of the hole with a dogged air of deliberation, tied the brute's mouth up with one of his suspenders, and then returned, with a grave chuckle, to his task.

When the time mentioned had expired, we had reached a depth of five feet, and yet no signs of any treasure became manifest. A general pause ensued, and I began to hope that the farce was at an end. Legrand, however, although evidently much disconcerted, wiped his brow thoughtfully and recommenced. We had excavated the entire circle of four feet diameter, and now we slightly enlarged the limit, and went to the farther depth of two feet. Still nothing appeared. The gold-seeker, whom I sincerely pitied, at length clambered from the pit, with the bitterest disappointment imprinted upon every feature, and proceeded, slowly and reluctantly, to put on his coat, which he had thrown off at the beginning of his labor. In the mean time I made no remark. Jupiter, at a signal from his master, began to gather up his tools. This done, and the dog having been unmuzzled, we turned in profound silence towards home.

We had taken, perhaps, a dozen steps in this direction, when, with a loud oath, Legrand strode up to Jupiter, and seized him by the collar. The astonished negro opened his eyes and mouth to the fullest extent, let fall the spades, and fell upon his knees.

"You scoundrel," said Legrand, hissing out the syllables from between his clenched teeth—"you infernal black villain!—speak, I tell you!—answer me this instant, without prevarication!—which—which is your left eye?"

pechosa parecería nuestra actividad a cualquier transeúnte que, por casualidad, se encontrara con nosotros.

Cavamos a paso seguro durante dos horas. Poco se habló y nuestra molestia principal eran los ladridos del perro, que mostraba un interés excesivo en nuestra labor. Se tornó al final tan escandaloso que temimos que diera la alarma a algún merodeador, o más bien esto temía Legrand, ya que yo me hubiera regocijado en cualquier interrupción que me permitiera llevar al loco a su casa. El ruido fue, tras un rato, silenciado por Júpiter quien, al salir del agujero con un marcado aire de enfado usó uno de sus tirantes para atar el hocico del animal a modo de bozal y volvió, entre risas, a su tarea.

Una vez terminado el tiempo mencionado, alcanzamos una profundidad de un metro y medio y todavía no había señal alguna de ningún tesoro. Siguió una pausa general y comencé a desear que la farsa estuviera cerca del final. Legrand, no obstante, aunque evidentemente desconcertado, se limpió la frente pensativo y volvió a la tarea. Habíamos cavado el circulo entero de un metro de diámetro y ahora agrandado un poco el límite, y nos hundimos medio metro más. Todavía no aparecía nada. El buscador de oro, a quien compadecía sinceramente, al fin halló su camino fuera del pozo con la más amarga desilusión marcada en cada rasgo suyo y procedió, lento y reacio, a ponerse el abrigo, que había tirado al comenzar su labor. Mientras tanto no acoté nada. Júpiter, a la señal de su amo, comenzó a juntar las herramientas. Con esto hecho y quitado el bozal del perro, emprendimos el camino a casa en profundo silencio.

Dimos, tal vez, doce pasos en esta dirección cuando, con un gran juramento, Legrand se lanzó sobre Júpiter y le agarró del cuello. El negro, sorprendido, abrió por completo los ojos y la boca, soltó las palas y cayó sobre sus rodillas.

—Canalla —dijo Legrand, soltando las sílabas entre sus dientes apretados—. ¡Negro villano e infernal! ¡Dime, ahora mismo, en este instante y sin vueltas! ¿Cuál? ¿Cuál es tu ojo izquierdo?

"Oh, my golly, Massa Will! aint dis here my lef eye for sartain?" roared the terrified Jupiter, placing his hand upon his right organ of vision, and holding it there with a desperate pertinacity, as if in immediate dread of his master's attempt at a gouge.

"I thought so!—I knew it! hurrah!" vociferated Legrand, letting the negro go, and executing a series of curvets and caracols, much to the astonishment of his valet, who, arising from his knees, looked, mutely, from his master to myself, and then from myself to his master.

"Come! we must go back," said the latter, "the game's not up yet;" and he again led the way to the tulip-tree.

"Jupiter," said he, when we reached its foot, "come here! was the skull nailed to the limb with the face outwards, or with the face to the limb?"

"De face was out, massa, so dat de crows could get at de eyes good, widout any trouble."

"Well, then, was it this eye or that through which you dropped the beetle?"—here Legrand touched each of Jupiter's eyes.

"'Twas dis eye, massa—de lef eye—jis as you tell me," and here it was his right eye that the negro indicated.

"That will do—we must try it again."

Here my friend, about whose madness I now saw, or fancied that I saw, certain indications of method, removed the peg which marked the spot where the beetle fell, to a spot about three inches to the westward of its former position. Taking, now, the tape measure from the nearest point of the trunk to the peg, as before, and continuing the extension in a straight line to the distance of fifty feet, a spot was indicated, removed, by several yards, from the point at which we had been digging.

Around the new position a circle, somewhat larger than in the former instance, was now described, and we again set to work with

—Oh, santa madre, amo Will ¿no es por cierto este mi ojo izquierdo? —rugió Júpiter, aterrado, mientras ponía su mano sobre su órgano de visión derecho y la mantenía con desesperada pertinencia, como con miedo inmediato a la rabia de su amo.

—¡Eso pensaba! ¡Lo sabía, hurra! —vociferó Legrand, mientras soltaba al negro y ejecutaba una serie de saltos y volteretas para sorpresa de su valet, quien, al levantarse, miró mudo a su amo, luego a mí y luego a su amo de nuevo.

—¡Vamos! Debemos volver —dijo este último—, el juego no terminó. —Y tomó la batuta de nuevo para guiarnos hasta el tulipanero.

—Júpiter —dijo, al llegar al pie del árbol—. ¡Ven aquí! ¿La calavera estaba asegurada a la rama con la cara hacia afuera o hacia la rama?

—La cara daba hacia afuera, amo, para que los cuervos pudieran comer bien sus ojos, sin problema.

—Bien, entonces, ¿fue este ojo o este otro por el cual dejaste caer el escarabajo? —Y procedió a tocar los ojos de Júpiter.

—Fue este ojo, amo, el izquierdo, como me dijo —dijo el negro, señalando su ojo derecho.

—Eso bastará, tendremos que intentarlo de nuevo.

Entonces mi amigo —en cuya locura veía ahora, o imaginaba ver ciertos indicios de método— quitó la estaca que marcaba el punto donde cayó el escarabajo y la colocó en un punto a casi siete centímetros al oeste de su posición original. Tomó ahora la cinta de medir desde el punto más cercano del tronco hasta la estaca, como antes, y la extendió en línea recta hasta una distancia de unos quince metros, donde marcó un punto, separado por varios metros, del punto donde habíamos cavado.

Cerca del nuevo punto, se dibujó un círculo algo más grande que el anterior y volvimos a trabajar con las palas. Me encontraba terri-

the spades. I was dreadfully weary, but, scarcely understanding what had occasioned the change in my thoughts, I felt no longer any great aversion from the labor imposed. I had become most unaccountably interested—nay, even excited. Perhaps there was something, amid all the extravagant demeanor of Legrand—some air of forethought, or of deliberation, which impressed me. I dug eagerly, and now and then caught myself actually looking, with something that very much resembled expectation, for the fancied treasure, the vision of which had demented my unfortunate companion. At a period when such vagaries of thought most fully possessed me, and when we had been at work perhaps an hour and a half, we were again interrupted by the violent howlings of the dog. His uneasiness, in the first instance, had been, evidently, but the result of playfulness or caprice, but he now assumed a bitter and serious tone. Upon Jupiter's again attempting to muzzle him, he made furious resistance, and, leaping into the hole, tore up the mould frantically with his claws. In a few seconds he had uncovered a mass of human bones, forming two complete skeletons, intermingled with several buttons of metal, and what appeared to be the dust of decayed woollen. One or two strokes of a spade upturned the blade of a large Spanish knife, and, as we dug farther, three or four loose pieces of gold and silver coin came to light.

At sight of these the joy of Jupiter could scarcely be restrained, but the countenance of his master wore an air of extreme disappointment. He urged us, however, to continue our exertions, and the words were hardly uttered when I stumbled and fell forward, having caught the toe of my boot in a large ring of iron that lay half buried in the loose earth.

We now worked in earnest, and never did I pass ten minutes of more intense excitement. During this interval we had fairly unearthed an oblong chest of wood, which, from its perfect preservation and wonderful hardness, had plainly been subjected to some mineralizing process—perhaps that of the bi-chloride of mercury. This box was three feet and a half long, three feet broad, and two and a half feet deep. It was firmly secured by bands of wrought iron, riveted, and forming a kind of open trelliswork over the whole. On each side of the chest, near the top, were three

blemente cansado, pero, sin entender del todo lo que ocasionó el cambio en mi forma de pensar, ya no sentía una gran aversión por la labor impuesta. Me encontraba ahora inexplicablemente interesado... no, incluso emocionado. Tal vez había algo, dentro del comportamiento extravagante de Legrand, un aire de previsión o deliberación que me impresionó. Cavé con emoción y me encontraba ahora en verdad buscando, casi con expectativas, el ansiado tesoro cuya visión había trastornado a mi infortunado compañero. Durante un periodo en el que dichas fantasías me tomaron casi por completo y al haber trabajado tal vez por una hora y media, nos encontramos otra vez interrumpidos por los violentos ladridos del perro. Su inquietud al comienzo había sido, evidentemente, resultado de la jovialidad o el capricho, pero había tomado ahora un tono serio y amargo. Al intentar Júpiter embozarlo otra vez se resistió con furia y, tras saltar al hoyo, comenzó a cavar frenético con sus garras. En pocos segundos había descubierto un montículo de huesos humanos que formaban dos esqueletos completos, entremezclados con varios botones de metal y lo que parecía ser el polvo de lana deteriorada. Uno o dos golpes de pala bastaron para chocar con la hoja de un gran cuchillo español y, tras cavar un poco más, se dejaron ver tres o cuatro piezas sueltas de oro y plata.

Al verlas, Júpiter apenas pudo contener su alegría, pero la forma en que su amo mantuvo la compostura denotaba un aire de gran decepción. Nos instó, sin embargo, a continuar nuestro esfuerzo y apenas hubo pronunciado las palabras que tropecé y caí de frente, debido a que la punta de mi bota se enganchó en un gran anillo de hierro que yacía enterrado a medias en la tierra suelta.

Trabajamos ahora con ardor, nunca había pasado diez minutos de emoción tan intensa. Durante este intervalo desenterramos en su mayor parte un largo cofre de madera que, intuí, dada su perfecta conservación e increíble dureza, había sido sujeta a algún proceso de mineralización, tal vez expuesta a bicloruro de mercurio. El cajón era de un metro de largo, unos noventa centímetros de ancho y setenta y cinco centímetros de profundidad. Estaba asegurado y fijado por bandas de hierro forjado, remachadas, que formaban una especie de enrejado alrededor. De cada lado del cofre, cerca de la

rings of iron—six in all—by means of which a firm hold could be obtained by six persons. Our utmost united endeavors served only to disturb the coffer very slightly in its bed. We at once saw the impossibility of removing so great a weight. Luckily, the sole fastenings of the lid consisted of two sliding bolts. These we drew back—trembling and panting with anxiety. In an instant, a treasure of incalculable value lay gleaming before us. As the rays of the lanterns fell within the pit, there flashed upwards a glow and a glare, from a confused heap of gold and of jewels, that absolutely dazzled our eyes.

I shall not pretend to describe the feelings with which I gazed. Amazement was, of course, predominant. Legrand appeared exhausted with excitement, and spoke very few words. Jupiter's countenance wore, for some minutes, as deadly a pallor as it is possible, in nature of things, for any negro's visage to assume. He seemed stupefied—thunderstricken. Presently he fell upon his knees in the pit, and, burying his naked arms up to the elbows in gold, let them there remain, as if enjoying the luxury of a bath. At length, with a deep sigh, he exclaimed, as if in a soliloquy:

"And dis all cum ob de goole-bug! de putty goole-bug! de poor little goole-bug, what I boosed in dat sabage kind ob style! Aint you shamed ob yourself, nigger?—answer me dat!"

It became necessary, at last, that I should arouse both master and valet to the expediency of removing the treasure. It was growing late, and it behooved us to make exertion, that we might get every thing housed before daylight. It was difficult to say what should be done, and much time was spent in deliberation—so confused were the ideas of all. We, finally, lightened the box by removing two thirds of its contents, when we were enabled, with some trouble, to raise it from the hole. The articles taken out were deposited among the brambles, and the dog left to guard them, with strict orders from Jupiter neither, upon any pretence, to stir from the spot, nor to open his mouth until our return. We then hurriedly made for home with the chest; reaching the hut in safety, but after excessive toil, at one o'clock in the morning. Worn out as we were, it was not in human nature to do more immediately. We rested until two, and had supper; starting for the hills immediately

parte superior, había tres anillos de hierro, seis en total, mediante los cuales se podía levantar con firmeza entre seis personas. Nuestros mayores esfuerzos unidos sirvieron solo para apenas mover al cofre al nivel del piso. Aceptamos entonces la imposibilidad de levantar tal peso. Por suerte, lo único que mantenía la tapa cerrada eran dos cerrojos deslizantes. Los quitamos, con temblor y jadeos de ansiedad. En un instante brillaba ante nosotros un tesoro de valor incalculable. Los rayos de las linternas que caían sobre el pozo se reflejaban de vuelta con brillo y resplandor desde una pila confusa de oro y joyas que encandilaron por completo nuestros ojos.

No pretenderé describir las emociones con las que lo observé. El asombro era, por supuesto, predominante. Legrand parecía cansado de la emoción y apenas hablaba. El semblante de Júpiter fue, por algunos minutos, tan mortífero y pálido como podía ser, por su naturaleza, el de un negro. Parecía estupefacto, como golpeado por un rayo. Entonces cayó en sus rodillas dentro del pozo y enterró sus brazos desnudos hasta el codo en el oro, y allí los mantuvo, como disfrutando del lujo de un baño. Finalmente, con un profundo suspiro, exclamó, como si de un soliloquio se tratara:

—¡Y todo esto vino del bicho dorado... el pobre escarabajo dorado que tanto insultaba y maldecía! ¿No te avergüenzas de ti mismo, negro? ¡Respóndeme!

Fue necesario, al fin, que despierte al amo y al valet a la necesidad de mover el tesoro. Se hacía tarde y nos convenía esforzarnos por guardar todo antes del amanecer. Era difícil decidir qué hacer y pasamos mucho tiempo deliberando, por lo que todas las ideas eran confusas. Nos decidimos, al fin, a vaciar dos tercios del contenido para alivianar el peso del cofre, una vez que pudimos, con algo de dificultad, levantarlo del hoyo. Los artículos que extrajimos fueron depositados entre las zarzas y el perro quedó a cargo de su protección, con órdenes estrictas de Júpiter de, bajo ningún pretexto, moverse del lugar ni abrir el hocico hasta nuestro retorno. Volvimos entonces apresurados a la casa con el cofre. Llegamos a salvo a la cabaña, aunque extenuados, a la una en punto de la mañana. Cansados como estábamos no hubiera sido natural que continuemos de inmediato. Descansamos hasta las dos y cenamos, para entonces encaminarnos con apremio hacia las colinas. Llevamos tres sacos robustos

afterwards, armed with three stout sacks, which, by good luck, were upon the premises. A little before four we arrived at the pit, divided the remainder of the booty, as equally as might be, among us, and, leaving the holes unfilled, again set out for the hut, at which, for the second time, we deposited our golden burthens, just as the first faint streaks of the dawn gleamed from over the tree-tops in the East.

We were now thoroughly broken down; but the intense excitement of the time denied us repose. After an unquiet slumber of some three or four hours' duration, we arose, as if by preconcert, to make examination of our treasure.

The chest had been full to the brim, and we spent the whole day, and the greater part of the next night, in a scrutiny of its contents. There had been nothing like order or arrangement. Every thing had been heaped in promiscuously. Having assorted all with care, we found ourselves possessed of even vaster wealth than we had at first supposed. In coin there was rather more than four hundred and fifty thousand dollars—estimating the value of the pieces, as accurately as we could, by the tables of the period. There was not a particle of silver. All was gold of antique date and of great variety—French, Spanish, and German money, with a few English guineas, and some counters, of which we had never seen specimens before. There were several very large and heavy coins, so worn that we could make nothing of their inscriptions. There was no American money. The value of the jewels we found more difficulty in estimating. There were diamonds—some of them exceedingly large and fine—a hundred and ten in all, and not one of them small; eighteen rubies of remarkable brilliancy;— three hundred and ten emeralds, all very beautiful; and twenty-one sapphires, with an opal. These stones had all been broken from their settings and thrown loose in the chest. The settings themselves, which we picked out from among the other gold, appeared to have been beaten up with hammers, as if to prevent identification. Besides all this, there was a vast quantity of solid gold ornaments; nearly two hundred massive finger and earrings; rich chains—thirty of these, if I remember; eighty-three very large and heavy crucifixes; five gold censers of great value; a prodigious golden punch bowl, ornamented with richly chased

que, por suerte, encontramos en la cabaña. Poco antes de las cuatro llegamos al pozo, dividimos el remanente del botín de la forma más equitativa posible y, sin tapar los hoyos, emprendimos marcha nuevamente hacia la cabaña en la cual, por segunda vez, depositamos nuestra dorada carga justo cuando los primeros rayos de sol matutino comenzaban a brillar sobre las copas de los árboles en el este.

Ahora nos encontrábamos por demás machacados, pero el intenso frenesí del tiempo nos negaba el descanso. Tras unas tres o cuatro horas de sueño intranquilo nos levantamos, como si lo hubiéramos acordado, para examinar nuestro tesoro.

El cofre se encontraba lleno hasta el borde y pasamos el día entero y gran parte de la noche siguiente escudriñando su contenido. No había ningún tipo de orden o disposición. Todo estaba amontonado allí, sin deliberación. Habiendo ordenado todo con cuidado, nos encontramos con que poseíamos una riqueza aún mayor que la pensada en un principio. Había algo más de cuatrocientos cincuenta mil dólares en monedas, según el valor aproximado que estimamos de las piezas de acuerdo con las tablas de conversión de la época. No había ni una partícula de plata. Todo estaba hecho de oro antiguo y de gran variedad; dinero francés, español y alemán, con algunas guineas inglesas y otras monedas, cuyos especímenes no habíamos visto nunca antes. Había varias monedas muy grandes y pesadas, tan gastadas que no pudimos descifrar sus inscripciones. No había allí dinero estadounidense. El valor de las joyas nos fue más difícil de estimar. Había diamantes, algunos muy grandes y finos, ciento diez en total, y ninguno pequeño; dieciocho rubíes cuyo brillo cabía destacar, trescientas diez esmeraldas, todas preciosas; veintiún zafiros y un ópalo. Estas joyas habían sido despojadas de sus monturas y depositadas sueltas en el cofre. Las monturas, que separamos de entre el resto del oro, parecían haber sido golpeadas con martillo, como para evitar su identificación. Aparte de todo esto había una gran cantidad de ornamentos de oro macizo, casi doscientos anillos y aretes enormes; treinta cadenas, si mal no recuerdo; ochenta y tres crucifijos bastante grandes y pesados; cinco incensarios de oro de gran valor; una prodigiosa ponchera de oro, ornamentada con hojas de vid bien engastadas y figuras bacanales; con dos empuñaduras de espada exquisitamente repujadas y varios adornos peque-

vine-leaves and Bacchanalian figures; with two sword-handles exquisitely embossed, and many other smaller articles which I cannot recollect. The weight of these valuables exceeded three hundred and fifty pounds avoirdupois; and in this estimate I have not included one hundred and ninety-seven superb gold watches; three of the number being worth each five hundred dollars, if one. Many of them were very old, and as timekeepers valueless; the works having suffered, more or less, from corrosion—but all were richly jewelled and in cases of great worth. We estimated the entire contents of the chest, that night, at a million and a half of dollars; and upon the subsequent disposal of the trinkets and jewels (a few being retained for our own use), it was found that we had greatly undervalued the treasure.

When, at length, we had concluded our examination, and the intense excitement of the time had, in some measure, subsided, Legrand, who saw that I was dying with impatience for a solution of this most extraordinary riddle, entered into a full detail of all the circumstances connected with it.

"You remember;" said he, "the night when I handed you the rough sketch I had made of the *scarabæus*. You recollect also, that I became quite vexed at you for insisting that my drawing resembled a death's-head. When you first made this assertion I thought you were jesting; but afterwards I called to mind the peculiar spots on the back of the insect, and admitted to myself that your remark had some little foundation in fact. Still, the sneer at my graphic powers irritated me—for I am considered a good artist—and, therefore, when you handed me the scrap of parchment, I was about to crumple it up and throw it angrily into the fire."

"The scrap of paper, you mean," said I.

"No; it had much of the appearance of paper, and at first I supposed it to be such, but when I came to draw upon it, I discovered it, at once, to be a piece of very thin parchment. It was quite dirty, you remember. Well, as I was in the very act of crumpling it up, my glance fell upon the sketch at which you had been looking, and you may imagine my astonishment when

ños más que no puedo recordar. El peso de estos artículos excedía los setenta kilos y en esta estimación no incluí los ciento noventa y siete espléndidos relojes de oro, tres de los cuales valían quinientos dólares cada uno. Muchos eran bastante antiguos y no tenían valor por su utilidad, ya que sus mecanismos habían sufrido algo de corrosión, pero todos estaban ricamente adornados y sus cajas tenían un gran valor. Estimamos todos los contenidos del cofre aquella noche en un millón y medio de dólares y, luego de disponer de los dijes y joyas (algunos de estos artículos guardamos para nuestro uso), encontramos que nuestra tasación del valor se había quedado bastante corta.

Cuando hubimos concluido al fin nuestra examinación y la emoción intensa del momento fue, en alguna medida, apaciguada, Legrand, quien vio que me moría de impaciencia por una solución a este tan extraordinario acertijo, entró en detalle acerca de las circunstancias relacionadas a él.

—Recordará —dijo—, la noche en la que le entregué un boceto del escarabajo. Y recordará también que me fastidié bastante cuando insistió en que el dibujo parecía una calavera. Al principio, cuando afirmó esto, pensé que se burlaba; pero luego recordé las manchas peculiares en la parte trasera del insecto y tuve que admitir que su comentario tenía cierta base de razón. Sin embargo, su ataque a mis dotes gráficas me irritó, ya que me considero buen artista y, por lo tanto, cuando me entregó el pedazo de pergamino estuve a punto de arrugarlo y lanzarlo al fuego con enojo.

—El pedazo de papel, quiere decir —corregí.

—No, tenía apariencia de papel y en un principio lo creí tal, pero cuando quise dibujar sobre él descubrí que no era ni más ni menos que un pedazo de pergamino muy fino. Estaba bastante sucio, si recuerda. Bien, mientras me encontraba en el acto de arrugarlo mi mirada cayó en el boceto que estuvo usted también mirando e imaginará mi sorpresa cuando percibí la imagen de una calavera

I perceived, in fact, the figure of a death's-head just where, it seemed to me, I had made the drawing of the beetle. For a moment I was too much amazed to think with accuracy. I knew that my design was very different in detail from this—although there was a certain similarity in general outline. Presently I took a candle, and seating myself at the other end of the room, proceeded to scrutinize the parchment more closely. Upon turning it over, I saw my own sketch upon the reverse, just as I had made it. My first idea, now, was mere surprise at the really remarkable similarity of outline—at the singular coincidence involved in the fact, that unknown to me, there should have been a skull upon the other side of the parchment, immediately beneath my figure of the *scarabæus*, and that this skull, not only in outline, but in size, should so closely resemble my drawing. I say the singularity of this coincidence absolutely stupefied me for a time. This is the usual effect of such coincidences. The mind struggles to establish a connexion—a sequence of cause and effect—and, being unable to do so, suffers a species of temporary paralysis. But, when I recovered from this stupor, there dawned upon me gradually a conviction which startled me even far more than the coincidence. I began distinctly, positively, to remember that there had been no drawing upon the parchment when I made my sketch of the *scarabæus*. I became perfectly certain of this; for I recollected turning up first one side and then the other, in search of the cleanest spot. Had the skull been then there, of course I could not have failed to notice it. Here was indeed a mystery which I felt it impossible to explain; but, even at that early moment, there seemed to glimmer, faintly, within the most remote and secret chambers of my intellect, a glow-worm-like conception of that truth which last night's adventure brought to so magnificent a demonstration. I arose at once, and putting the parchment securely away, dismissed all farther reflection until I should be alone.

"When you had gone, and when Jupiter was fast asleep, I betook myself to a more methodical investigation of the affair. In the first place I considered the manner in which the parchment had come into my possession. The spot where we discovered the *scarabæus* was on the coast of the main land, about a mile eastward of the island, and but a short distance above high water mark. Upon my

justo donde, me pareció, había dibujado el escarabajo. Durante un momento estuve demasiado sorprendido para pensar con claridad. Sabía que mi diseño difería mucho, en cuanto al detalle, de este; aunque había cierta similitud en el esquema general. Tomé entonces una vela y me senté del otro lado de la habitación para comenzar a analizar el pergamino más de cerca. Al darlo vuelta vi mi propio bosquejo en el reverso, justo como lo dibujé. Mi primera impresión ahora fue de pura sorpresa debido a la notable similitud del bosquejo; ante la particular coincidencia del hecho, desconocido para mí, de que había una calavera del otro lado del pergamino, justo detrás de mi dibujo del escarabajo y que esta calavera, no solo en su forma, sino en su tamaño, se pareciera tanto a mi dibujo. Atribuyo el tiempo que pasé estupefacto por completo a la particularidad de esta coincidencia. Es el efecto usual que tales coincidencias tienen. La mente se esfuerza por establecer una conexión, una secuencia de causa y efecto y, al no poder hacerlo, sufre una especie de parálisis temporal. Pero, una vez me hube recuperado de este estupor, creció de forma gradual en mí una convicción que me sobresaltó aún más que la coincidencia. Comencé a recordar de forma clara y segura que no había ningún dibujo en el pergamino cuando yo dibujé el escarabajo. Estaba perfectamente seguro de esto, ya que recordaba buscar primero en un lado y después en el otro el lugar más limpio. Si la calavera hubiera estado allí no habría fallado en darme cuenta. He aquí un misterio que se me hacía imposible explicar. Pero, incluso desde entonces parecía brillar débil, en los más remotos y secretos compartimentos de mi intelecto, como una especie de luciérnaga, la concepción de la verdad que nuestra aventura de anoche demostró de forma magnífica. Me levanté entonces, guardé en un lugar seguro el pergamino y dejé toda otra reflexión para cuando estuviera solo.

»Cuando usted se hubo ido y Júpiter estuvo profundamente dormido, me sometí a una investigación más metódica del asunto. En primer lugar, consideré la forma en la que el pergamino llegó a mi posesión. El lugar donde encontramos el escarabajo estaba en la costa continental, más o menos a un kilómetro al este de la isla y poco más arriba que la marca de marea alta. Al cogerlo me dio una

taking hold of it, it gave me a sharp bite, which caused me to let it drop. Jupiter, with his accustomed caution, before seizing the insect, which had flown towards him, looked about him for a leaf, or something of that nature, by which to take hold of it. It was at this moment that his eyes, and mine also, fell upon the scrap of parchment, which I then supposed to be paper. It was lying half buried in the sand, a corner sticking up. Near the spot where we found it, I observed the remnants of the hull of what appeared to have been a ship's long boat. The wreck seemed to have been there for a very great while; for the resemblance to boat timbers could scarcely be traced.

"Well, Jupiter picked up the parchment, wrapped the beetle in it, and gave it to me. Soon afterwards we turned to go home, and on the way met Lieutenant G——. I showed him the insect, and he begged me to let him take it to the fort. Upon my consenting, he thrust it forthwith into his waistcoat pocket, without the parchment in which it had been wrapped, and which I had continued to hold in my hand during his inspection. Perhaps he dreaded my changing my mind, and thought it best to make sure of the prize at once—you know how enthusiastic he is on all subjects connected with Natural History. At the same time, without being conscious of it, I must have deposited the parchment in my own pocket.

"You remember that when I went to the table, for the purpose of making a sketch of the beetle, I found no paper where it was usually kept. I looked in the drawer, and found none there. I searched my pockets, hoping to find an old letter, when my hand fell upon the parchment. I thus detail the precise mode in which it came into my possession; for the circumstances impressed me with peculiar force.

"No doubt you will think me fanciful—but I had already established a kind of connexion. I had put together two links of a great chain. There was a boat lying upon a sea-coast, and not far from the boat was a parchment—not a paper—with a skull depicted upon it. You will, of course, ask 'where is the connexion?' I reply that the skull, or death's-head, is the well-known emblem of the pirate. The flag of the death's head is hoisted in all engagements.

mordida punzante, por lo que lo solté. Júpiter, con su acostumbrado cuidado, antes de coger al insecto, que había volado hacia él, buscó una hoja o algo parecido para poder cogerlo con ella. Fue entonces que sus ojos, y los míos también, encontraron el pedazo de pergamino que supuse entonces que era papel. Yacía semienterrado en la arena, con una esquina a la vista. Cerca de donde lo encontramos vi el remanente del casco de lo que parecía haber sido un gran barco. Los restos del naufragio daban la impresión de haber estado allí por un buen tiempo, ya que costaba distinguir su semejanza con la del armazón de un bote.

»Entonces Júpiter levantó el pergamino, envolvió el escarabajo en él y me lo entregó. Poco después volvimos a casa y de camino nos encontramos con el teniente G... Le mostré el insecto y me rogó que le dejara llevarlo al fuerte. Dado mi consentimiento lo guardó en el bolsillo de su chaleco, sin el pergamino que lo envolvía, el cual mantuve en mi mano mientras él inspeccionaba el insecto. Tal vez temió que cambiase de opinión y creyó mejor asegurarse de una vez el premio, ya sabe lo entusiasta que es con todos los asuntos relacionados con la historia natural. Al mismo tiempo, sin ser consciente de ello, debo haber guardado el pergamino en mi propio bolsillo.

»Recordará que cuando fui a la mesa para dibujar el escarabajo no encontré papel donde lo solía guardar. Busqué en el cajón y no encontré. Busqué en mis bolsillos, con la esperanza de encontrar alguna carta vieja y mi mano cayó sobre el pergamino. Por eso le detallo de forma precisa la forma en que cayó en mi posesión, ya que las circunstancias me impresionaron de forma especial.

»No dudo que me creyó un soñador, pero yo ya había establecido una especie de conexión. Había unido dos eslabones de una gran cadena. Había un barco sobre la costa y, no lejos del barco, un pergamino, no un papel, con una calavera dibujada en él. Preguntará por supuesto: ¿Dónde está la conexión? Yo le responderé que la calavera es un emblema bien conocido de los piratas. La bandera de la calavera se iza en todos sus combates.

"I have said that the scrap was parchment, and not paper. Parchment is durable—almost imperishable. Matters of little moment are rarely consigned to parchment; since, for the mere ordinary purposes of drawing or writing, it is not nearly so well adapted as paper. This reflection suggested some meaning—some relevancy—in the death's-head. I did not fail to observe, also, the form of the parchment. Although one of its corners had been, by some accident, destroyed, it could be seen that the original form was oblong. It was just such a slip, indeed, as might have been chosen for a memorandum—for a record of something to be long remembered and carefully preserved."

"But," I interposed, "you say that the skull was not upon the parchment when you made the drawing of the beetle. How then do you trace any connexion between the boat and the skull—since this latter, according to your own admission, must have been designed (God only knows how or by whom) at some period subsequent to your sketching the *scarabæus?*"

"Ah, hereupon turns the whole mystery; although the secret, at this point, I had comparatively little difficulty in solving. My steps were sure, and could afford but a single result. I reasoned, for example, thus: When I drew the *scarabæus*, there was no skull apparent upon the parchment. When I had completed the drawing I gave it to you, and observed you narrowly until you returned it. You, therefore, did not design the skull, and no one else was present to do it. Then it was not done by human agency. And nevertheless it was done.

"At this stage of my reflections I endeavored to remember, and did remember, with entire distinctness, every incident which occurred about the period in question. The weather was chilly (oh rare and happy accident!), and a fire was blazing upon the hearth. I was heated with exercise and sat near the table. You, however, had drawn a chair close to the chimney. Just as I placed the parchment in your hand, and as you were in the act of inspecting it, Wolf, the Newfoundland, entered, and leaped upon your shoulders. With your left hand you caressed him and kept him off, while your right, holding the parchment, was permitted to fall listlessly between your knees, and in close proximity to the fire.

»Ya he dicho que el pedazo era de pergamino y no de papel. El pergamino es duradero, casi indestructible. Rara vez se consignan asuntos de poca importancia en pergamino, ya que para los propósitos ordinarios de dibujar o escribir no es tan apto como el papel. Esta reflexión me sugirió cierto significado, algo de relevancia con respecto a la calavera. No dejé de observar, también, la forma del pergamino. Aunque una de sus esquinas había sido, por algún accidente, destruida; se podía deducir que el original era más largo. Era el tipo de tira que podría haber sido elegida para un memorándum, para registrar algo que debía recordarse y preservarse con cuidado por un buen tiempo.

—Pero —interpuse—, dice que la calavera no estaba en el pergamino cuando usted dibujó el escarabajo. ¿Cómo puede trazar una conexión entre el barco y la calavera si esta última, según usted admitió, debió ser diseñada (solo Dios sabe cómo o por quién) en algún momento posterior a su dibujo del escarabajo?

—Ah, he aquí que el misterio toma un giro; aunque el secreto, para entonces, me fue en comparación menos difícil de resolver. Mis pasos eran seguros y me llevaban a un único resultado. Razoné entonces, por ejemplo, lo siguiente: cuando dibujé el escarabajo no había ninguna calavera visible en el pergamino. Al haber completado el dibujo se lo entregué a usted y le observé con atención hasta que lo devolvió. Usted, por lo tanto, no dibujó la calavera, ni había nadie más en la habitación que pudiera haberlo hecho. Entonces, no fue hecho por un agente humano. Y, sin embargo, sucedió.

»A esta altura de mi reflexión me aventuré a recordar y de hecho recordé, con completa claridad, cada incidente que ocurrió durante el periodo en cuestión. El clima era fresco (¡cuan extraño pero feliz accidente!) y un fuego ardía en la hoguera. Yo me había acalorado a causa del ejercicio y estaba sentado cerca de la mesa. Usted, sin embargo, había acercado una silla a la chimenea. Justo cuando le entregué en su mano el pergamino y mientras usted lo inspeccionaba, Wolf, el terranova, entró y saltó sobre sus hombros. Con la mano izquierda lo acarició y lo mantuvo alejado, mientras que la derecha, que sostenía el pergamino, se dejó caer indiferente entre sus rodillas, cerca del fuego. Por un momento pensé que la llama lo había

At one moment I thought the blaze had caught it, and was about to caution you, but, before I could speak, you had withdrawn it, and were engaged in its examination. When I considered all these particulars, I doubted not for a moment that heat had been the agent in bringing to light, upon the parchment, the skull which I saw designed upon it. You are well aware that chemical preparations exist, and have existed time out of mind, by means of which it is possible to write upon either paper or vellum, so that the characters shall become visible only when subjected to the action of fire. Zaffre, digested in aqua regia, and diluted with four times its weight of water, is sometimes employed; a green tint results. The regulus of cobalt, dissolved in spirit of nitre, gives a red. These colors disappear at longer or shorter intervals after the material written upon cools, but again become apparent upon the re-application of heat.

"I now scrutinized the death's-head with care. Its outer edges—the edges of the drawing nearest the edge of the vellum—were far more distinct than the others. It was clear that the action of the caloric had been imperfect or unequal. I immediately kindled a fire, and subjected every portion of the parchment to a glowing heat. At first, the only effect was the strengthening of the faint lines in the skull; but, upon persevering in the experiment, there became visible, at the corner of the slip, diagonally opposite to the spot in which the death's-head was delineated, the figure of what I at first supposed to be a goat. A closer scrutiny, however, satisfied me that it was intended for a kid."

"Ha! ha!" said I, "to be sure I have no right to laugh at you—a million and a half of money is too serious a matter for mirth—but you are not about to establish a third link in your chain—you will not find any especial connexion between your pirates and a goat—pirates, you know, have nothing to do with goats; they appertain to the farming interest."

"But I have just said that the figure was not that of a goat."

"Well, a kid then—pretty much the same thing."

"Pretty much, but not altogether," said Legrand. "You may have

alcanzado y le iba a advertir, pero, antes de que hablara usted lo retiró y se concentró en examinarlo. Habiendo considerado todas estas
particularidades, no dudé ni un momento que el calor fue el agente
que trajo a la luz, en el pergamino, la calavera que vi dibujada en él.
Sabrá muy bien que existen y han existido por mucho tiempo prepa-
rados químicos que permiten escribir en papel o pergamino de tal
forma que lo escrito se vuelva visible solo al ser sometido al fuego.
El zafre, digerido en agua regia y disuelto con cuatro partes de agua,
se utiliza a veces para formar una tinta verde. El régulo de cobalto,
disuelto en ácido nítrico nos da un color rojo. Estos colores desapa-
recen por intervalos más o menos largos luego de que el material en
que se escribe se enfría, pero vuelven a ser visibles al aplicarse calor
nuevamente.

»Examiné entonces la calavera con cuidado. Sus bordes exterio-
res, los bordes del dibujo más cercanos al borde del pergamino, estaban bastante más diferenciados que el resto. Estaba claro que la
acción del calor había sido imperfecta y dispar. Encendí de inmediato un fuego y sometí cada parte del pergamino al calor brillante. Al
principio, el único efecto visible fueron las líneas anteriores, ahora
más visibles, de la calavera; pero, tras continuar el experimento, se
hizo visible, en la esquina opuesta en diagonal a donde estaba de-
lineada la calavera, la figura de lo que supuse era una cabra. Tras
examinar con más detalle, sin embargo, concluí en que era el dibujo
de un cabrito.

—¡Ja, ja! —dije—. Sé que no tengo derecho a reírme de usted, un
millón y medio en dinero es un asunto muy serio para tomarlo a broma, pero no podrá usted establecer un tercer enlace en su cadena;
no encontrará ninguna conexión especial entre sus piratas y una cabra. Sabrá usted que los piratas nada tienen que ver con las cabras,
estas pertenecen al ámbito ganadero.

—Pero acabo de decir que el dibujo no era el de una cabra.

—Bueno, el de un cabrito entonces, es casi lo mismo.

—Casi, pero no exactamente —respondió Legrand—. Tal vez haya

heard of one Captain Kidd. I at once looked upon the figure of the animal as a kind of punning or hieroglyphical signature. I say signature; because its position upon the vellum suggested this idea. The death's-head at the corner diagonally opposite, had, in the same manner, the air of a stamp, or seal. But I was sorely put out by the absence of all else—of the body to my imagined instrument—of the text for my context."

"I presume you expected to find a letter between the stamp and the signature."

"Something of that kind. The fact is, I felt irresistibly impressed with a presentiment of some vast good fortune impending. I can scarcely say why. Perhaps, after all, it was rather a desire than an actual belief;—but do you know that Jupiter's silly words, about the bug being of solid gold, had a remarkable effect upon my fancy? And then the series of accidents and coincidences—these were so very extraordinary. Do you observe how mere an accident it was that these events should have occurred upon the sole day of all the year in which it has been, or may be, sufficiently cool for fire, and that without the fire, or without the intervention of the dog at the precise moment in which he appeared, I should never have become aware of the death's-head, and so never the possessor of the treasure?"

"But proceed—I am all impatience."

"Well; you have heard, of course, the many stories current—the thousand vague rumors afloat about money buried, somewhere upon the Atlantic coast, by Kidd and his associates. These rumors must have had some foundation in fact. And that the rumors have existed so long and so continuous, could have resulted, it appeared to me, only from the circumstance of the buried treasure still remaining entombed. Had Kidd concealed his plunder for a time, and afterwards reclaimed it, the rumors would scarcely have reached us in their present unvarying form. You will observe that the stories told are all about money-seekers, not about money-finders. Had the pirate recovered his money, there the affair would have dropped. It seemed to me that some accident—say the loss of a memorandum indicating its locality—had deprived him of the

oído sobre un tal Capitán Kidd[1]. Consideré entonces el dibujo del animal como una especie de juego de palabras o firma jeroglífica. Digo firma ya que su posición en el pergamino sugirió esta idea. La calavera en la esquina diagonal opuesta daba, de la misma forma, una idea de estampa o sello. Pero me desconcertaba con dolor la ausencia de todo el resto, del cuerpo de este instrumento que imaginaba o del texto de mi contexto.

—Asumo que esperaba encontrar una carta entre la estampa y la firma.

—Algo por el estilo. El asunto es que me hallé irresistiblemente atraído por el presentimiento de una buena fortuna inminente. Apenas puedo explicar el por qué. Tal vez, al final, era más un deseo que una verdadera creencia, pero ¿recuerda esas estúpidas palabras de Júpiter, sobre que el bicho era de oro macizo y que tanto afectaron mi humor? Y luego la seguidilla de accidentes y coincidencias, tan extraordinarias. ¿Se da cuenta del simple accidente que fue que estos eventos ocurran el único día del año que fue, o puede haber sido, lo suficientemente frío como para recurrir a un fuego? ¿Y que, sin el fuego, o sin la intervención del perro en el momento preciso en que apareció, nunca me hubiera percatado de la calavera y nunca habría poseído el tesoro?

—Pero proceda, me impaciento.

—Bueno, habrá oído, por supuesto, varias historias; los miles de rumores vagos que circulan acerca del dinero que fue enterrado en alguna parte de la costa atlántica por Kidd y sus asociados. Estos rumores deben haber tenido algún fundamento real. Que los rumores hayan existido durante tanto tiempo y de forma continua puede haber resultado, me pareció, solo del hecho de que el tesoro permaneciera aún enterrado. Si Kidd hubiese escondido su botín por un tiempo y después lo hubiera reclamado, los rumores apenas habrían llegado a nuestros oídos en su forma actual, sin variaciones. Verá que las historias que se cuentan son todas de cazadores y no de descubridores de tesoros. Si el pirata hubiese recuperado su di-

1 Cabrito en inglés es «kid».

means of recovering it, and that this accident had become known to his followers, who otherwise might never have heard that treasure had been concealed at all, and who, busying themselves in vain, because unguided attempts, to regain it, had given first birth, and then universal currency, to the reports which are now so common. Have you ever heard of any important treasure being unearthed along the coast?"

"Never."

"But that Kidd's accumulations were immense, is well known. I took it for granted, therefore, that the earth still held them; and you will scarcely be surprised when I tell you that I felt a hope, nearly amounting to certainty, that the parchment so strangely found, involved a lost record of the place of deposit."

"But how did you proceed?"

"I held the vellum again to the fire, after increasing the heat; but nothing appeared. I now thought it possible that the coating of dirt might have something to do with the failure; so I carefully rinsed the parchment by pouring warm water over it, and, having done this, I placed it in a tin pan, with the skull downwards, and put the pan upon a furnace of lighted charcoal. In a few minutes, the pan having become thoroughly heated, I removed the slip, and, to my inexpressible joy, found it spotted, in several places, with what appeared to be figures arranged in lines. Again I placed it in the pan, and suffered it to remain another minute. Upon taking it off, the whole was just as you see it now."

Here Legrand, having re-heated the parchment, submitted it to my inspection. The following characters were rudely traced, in a red tint, between the death's-head and the goat:

53‡‡†305))6*;4826)4‡.)4‡);806*;48†8¶60))85;1‡(;:‡*8†83(88)5*†
;46(;88*96*?;8)*‡(;485);5*†2:*‡(;4956*2(5*—4)8¶8*;4069285);)
6†8)4‡‡;1(‡9;48081;8:8‡1;48†85;4)485†528806*81(‡9;48;(88;4(‡?

nero el asunto se habría terminado. Me parece que algún accidente, digamos la pérdida de un memorándum que indicaba su locación, le privó de los medios para recuperarlo. Me pareció también que este accidente se dio a conocer entre sus seguidores, quienes de no haber sucedido esto tal vez nunca hubieran sabido siquiera que el tesoro había sido enterrado y quienes, ocupándose en vano en intentos sin guía por recuperarlo, dieron pie a la universal historia de los rumores ahora tan comunes. ¿Oyó alguna vez de algún tesoro desenterrado en la costa?

—Nunca.

—Pero las posesiones de ese tal Kidd eran inmensas, es sabido. Di por sentado, entonces, que seguían guardadas bajo tierra y no le sorprenderá que le diga que sentí una esperanza que casi escalaba a una seguridad de que el pergamino que encontré en circunstancias tan extrañas incluía un registro perdido del lugar donde fue depositado.

—Pero ¿cómo procedió?

—Sostuve el pergamino nuevamente contra el fuego, ahora más caliente, pero no apareció nada. Creí entonces posible que la capa de tierra hubiera tenido algo que ver con la falla, por lo que limpié con cuidado el pergamino con agua tibia; lo llevé a una sartén, con la calavera hacia abajo; y coloqué la sartén sobre un horno encendido con carbón. Unos minutos más tarde la sartén se había calentado por completo y al quitar el trozo de pergamino lo encontré, para mi inexpresable alegría, manchado en varias partes con figuras ordenadas en líneas. De nuevo lo coloqué en la sartén y lo expuse durante el minuto que lo dejé allí. Al levantarlo se encontraba así, como lo puede ver ahora.

Entonces Legrand, tras recalentar el pergamino, me lo entregó para que lo inspeccionara. Los siguientes caracteres estaban trazados de forma rudimentaria, en tinta roja, entre la calavera y la cabra:

53‡‡†305))6*;4826)4‡.)4‡);806*;48†8¶60))85;1‡(;:‡*8†83(88)5*†
;46(;88*96*?;8)*‡(;485);5*†2:*‡(;4956*2(5*—4)8¶8*;4069285);)
6†8)4‡‡;1(‡9;48081;8:8‡1;48†85;4)485†528806*81(‡9;48;(88;4(‡?

34;48)4‡;161;:188;‡?;

"But," said I, returning him the slip, "I am as much in the dark as ever. Were all the jewels of Golconda awaiting me upon my solution of this enigma, I am quite sure that I should be unable to earn them."

"And yet," said Legrand, "the solution is by no means so difficult as you might be lead to imagine from the first hasty inspection of the characters. These characters, as any one might readily guess, form a cipher—that is to say, they convey a meaning; but then, from what is known of Kidd, I could not suppose him capable of constructing any of the more abstruse cryptographs. I made up my mind, at once, that this was of a simple species—such, however, as would appear, to the crude intellect of the sailor, absolutely insoluble without the key."

"And you really solved it?"

"Readily; I have solved others of an abstruseness ten thousand times greater. Circumstances, and a certain bias of mind, have led me to take interest in such riddles, and it may well be doubted whether human ingenuity can construct an enigma of the kind which human ingenuity may not, by proper application, resolve. In fact, having once established connected and legible characters, I scarcely gave a thought to the mere difficulty of developing their import.

"In the present case—indeed in all cases of secret writing—the first question regards the language of the cipher; for the principles of solution, so far, especially, as the more simple ciphers are concerned, depend upon, and are varied by, the genius of the particular idiom. In general, there is no alternative but experiment (directed by probabilities) of every tongue known to him who attempts the solution, until the true one be attained. But, with the cipher now before us, all difficulty was removed by the signature. The pun upon the word 'Kidd' is appreciable in no other language than the English. But for this consideration I should have begun my attempts with the Spanish and French, as the tongues in which a secret of this kind would most naturally

34;48)4‡;161::188;‡?;

—Pero —dije, mientras le devolvía la tira—, me encuentro tan confundido como antes. Si todas las joyas de Golconda me esperaran tras la solución de este enigma, estoy casi seguro de que no podría conseguirlas.

—Y, sin embargo —dijo Legrand—, la solución no es para nada tan difícil como puede imaginar tras una primera inspección de los caracteres. Estos caracteres, como uno puede adivinar, forman un código; es decir que tienen un significado. Pero entonces, según lo que se sabe sobre Kidd, no puedo suponer que este fue capaz de construir cualquiera de las más abstrusas criptografías. Imaginé, entonces, que esta era de una naturaleza más simple; aunque tal, sin embargo, pareciera imposible de resolver sin la clave para el intelecto del tosco marinero.

—¿Y de verdad halló la solución?

—Con presteza, he resuelto otras criptografías cuya dificultad era diez mil veces mayor. Las circunstancias, y cierto sesgo mental, me llevaron a interesarme por tales acertijos y bien podría cuestionarse si la ingenuidad humana puede construir un enigma tal que la ingenuidad humana, con la aplicación adecuada, no pueda resolver. De hecho, una vez que tuve establecidos los caracteres legibles y conectados apenas me preocupó la simple dificultad de desarrollar su significado.

»En este caso, y en todos los casos de escritura secreta, la primera pregunta debe ser acerca del lenguaje del código; debido a que los principios de la solución, en especial los de los códigos más sencillos, dependen y varían según el carácter del lenguaje en particular. Por lo general, no hay otra alternativa que experimentar (guiado por las probabilidades) con cada idioma conocido por quien busca la solución hasta que se consiga el correcto. Pero con el código ante nosotros toda dificultad quedaba extinguida debido a la firma. El juego de palabras que presentaba «Kidd» no se puede apreciar en otro idioma que el inglés. De no haber sido por esto hubiese yo comenzado mis intentos en español o francés, ya que estas son las lenguas en las que un secreto de este tipo hubiera sido escrito, más naturalmente,

have been written by a pirate of the Spanish main. As it was, I assumed the cryptograph to be English.

"You observe there are no divisions between the words. Had there been divisions, the task would have been comparatively easy. In such case I should have commenced with a collation and analysis of the shorter words, and, had a word of a single letter occurred, as is most likely, (a or I, for example,) I should have considered the solution as assured. But, there being no division, my first step was to ascertain the predominant letters, as well as the least frequent. Counting all, I constructed a table, thus:

Of the character	8	there are	33.
	;	"	26.
	4	"	19.
	‡)	"	16.
	*	"	13.
	5	"	12.
	6	"	11.
	† 1	"	8.
	0	"	6.
	9 2	"	5.
	: 3	"	4.
	?	"	3.
	¶	"	2.
	-.	"	1.

"Now, in English, the letter which most frequently occurs is e. Afterwards, succession runs thus: *a o i d h n r s t u y c f g l m w b k p q x z*. *E* predominates so remarkably that an individual sentence of any length is rarely seen, in which it is not the prevailing character.

"Here, then, we leave, in the very beginning, the groundwork for something more than a mere guess. The general use which may be made of the table is obvious—but, in this particular cipher, we shall only very partially require its aid. As our predominant character is 8, we will commence by assuming it as the *e* of the natural alphabet. To verify the supposition, let us observe if the

por un pirata de dominio español. Así como se presentaba, asumí que la criptografía estaba en inglés.

»Verá que no hay divisiones entre las palabras. Si las hubiera, la tarea habría sido más fácil en comparación. En tal caso podría haber comenzado con una colación y un análisis de las palabras más cortas y, en caso de haber una palabra de una sola letra, como es muy probable (las palabras en inglés *«a»* o *«I»*, por ejemplo), podría considerar que la solución fuera segura. Pero, al no haber división, mi primer paso fue descubrir las letras predominantes y las menos frecuentes. Tras contar todas construí una tabla, que quedó de la siguiente forma:

»El signo	8	aparece	33 veces.
	;	"	26.
	4	"	19.
	‡)	"	16.
	*	"	13.
	5	"	12.
	6	"	11.
	† 1	"	8.
	0	"	6.
	9 2	"	5.
	: 3	"	4.
	?	"	3.
	¶	"	2.
	-.	"	1.

»Ahora bien, en inglés, la letra más frecuente es la «e». Después le siguen: «a o i d h n r s t u y c f g l m w b k p q x z». La «e» predomina tanto que una sola oración, no importa cuan larga sea, muy rara vez no la tiene como su letra predominante.

»Aquí, entonces, sentamos la base desde un principio para trabajar con algo más que una simple conjetura. El uso general que se le puede dar a la tabla es obvio, pero para este código en particular lo utilizaremos de ayuda solo de forma muy parcial. Ya que nuestro carácter predominante es el 8 empezaremos por asumirlo como la «e» del alfabeto natural. Para verificar esta suposición observemos si el

8 be seen often in couples—for *e* is doubled with great frequency in English—in such words, for example, as 'meet,' '.fleet,' 'speed,' 'seen,' been,' 'agree,' &c. In the present instance we see it doubled no less than five times, although the cryptograph is brief.

"Let us assume 8, then, as *e*. Now, of all *words* in the language, 'the' is most usual; let us see, therefore, whether there are not repetitions of any three characters, in the same order of collocation, the last of them being 8. If we discover repetitions of such letters, so arranged, they will most probably represent the word 'the.' Upon inspection, we find no less than seven such arrangements, the characters being ;48. We may, therefore, assume that ; represents *t*, 4 represents *h*, and 8 represents *e*—the last being now well confirmed. Thus a great step has been taken.

"But, having established a single word, we are enabled to establish a vastly important point; that is to say, several commencements and terminations of other words. Let us refer, for example, to the last instance but one, in which the combination ;48 occurs—not far from the end of the cipher. We know that the ; immediately ensuing is the commencement of a word, and, of the six characters succeeding this 'the,' we are cognizant of no less than five. Let us set these characters down, thus, by the letters we know them to represent, leaving a space for the unknown—

t eeth.

"Here we are enabled, at once, to discard the 'th,' as forming no portion of the word commencing with the first t; since, by experiment of the entire alphabet for a letter adapted to the vacancy, we perceive that no word can be formed of which this *th* can be a part. We are thus narrowed into

t ee,

and, going through the alphabet, if necessary, as before, we arrive at the word 'tree,' as the sole possible reading. We thus gain another letter, *r*, represented by (, with the words 'the tree' in juxtaposition.

8 se encuentra a veces en pareja, ya que la «e», con gran frecuencia se usa doble en el inglés, en palabras como «*meet*», «*fleet*», «*speed*», «*seen*», «*been*», «*agree*», etc. En esta instancia la podemos encontrar doble no menos de cinco veces, a pesar de que el criptograma es corto.

»Asumamos entonces que el 8 es la «e». Ahora, de todas las palabras del idioma, «*the*» es la más común. Veamos, entonces, si hay conjuntos de tres caracteres no repetidos, en el mismo orden, en los cuales el 8 sea el último. Si descubrimos repeticiones de tales letras, en ese orden, lo más probable es que representen la palabra «*the*». Tras inspeccionar encontramos no menos de siete, cuyos caracteres son «;48». Podemos entonces asumir que «;» representa la «t», «4» representa la «h» y «8» representa la «e», este último ahora ya confirmado. Ya hemos dado un gran paso.

»Entonces, al descubrir una única palabra ahora podemos establecer un punto muy importante, varios comienzos y finales de otras palabras. Vayamos, por ejemplo, al anteúltimo caso en que se presenta la combinación «;48», no lejos del final del código. Sabemos que el «;» que le sigue es el comienzo de otra palabra y, que de los seis caracteres que siguen al «*the*», conocemos cinco. Apartemos estos caracteres, entonces, con las letras que sabemos que representan y dejemos un espacio para la desconocida.

t eeth.

»Esto nos permite, de una vez, descartar «th», que no forma parte de la palabra anterior que empieza con la letra «t», ya que, al experimentar con todas las letras del alfabeto en ese espacio libre, vemos que no se puede formar ninguna palabra que incluya «th» al final. Reducimos entonces a

t ee,

y al explorar el alfabeto, como hicimos antes, llegamos a la palabra *tree* como única opción posible. Obtenemos entonces otra letra, la «r», representada por «(», con las palabras «*the tree*» yuxtapuestas.

"Looking beyond these words, for a short distance, we again see the combination ;48, and employ it by way of termination to what immediately precedes. We have thus this arrangement:

the tree ;4(‡?34 the,

or, substituting the natural letters, where known, it reads thus:

the tree thr‡?3h the.

"Now, if, in place of the unknown characters, we leave blank spaces, or substitute dots, we read thus:

the tree thr...h the,

when the word *'through'* makes itself evident at once. But this discovery gives us three new letters, *o*, *u* and *g*, represented by ‡, ? and 3.

"Looking now, narrowly, through the cipher for combinations of known characters, we find, not very far from the beginning, this arrangement,

83(88, or egree,

which, plainly, is the conclusion of the word 'degree,' and gives us another letter, *d*, represented by †.

"Four letters beyond the word 'degree,' we perceive the combination

;46(;88.

"Translating the known characters, and representing the unknown by dots, as before, we read thus:

th.rtee,

an arrangement immediately suggestive of the word 'thirteen,' and again furnishing us with two new characters, *i* and *n*,

»Si vemos un poco más delante de estas palabras podemos encontrar nuevamente la combinación «;48» y emplearla como terminación de lo que le precede. Encontramos entonces lo siguiente:

the tree ;4(‡?34 *the,*

»o, sustituyendo por las letras comunes, donde ya sabemos, se lee:

the tree thr‡?3h the.

»Ahora, si en lugar de los caracteres desconocidos dejamos espacios en blanco o puntos que los sustituyan podemos leer lo siguiente:

the tree thr...h the,

»donde la palabra *through* se vuelve evidente. Este descubrimiento nos da tres letras nuevas «o», «u» y «g», representadas por «‡», «?» y «3».

»Busquemos ahora en el código, con detenimiento, combinaciones con los caracteres conocidos y podemos encontrar, no lejos del principio, la siguiente,

«83(88» o «*egree*»,

que, evidentemente, es el final de la palabra «*degree*», lo que nos da otra letra, la «d», representada por «†».

»Cuatro letras más delante de «*degree*» nos encontramos con la combinación

;46(;88.

»Si traducimos los caracteres conocidos y representamos los desconocidos con puntos, como antes, podemos leer:

th.rtee,

»una disposición que inmediatamente nos sugiere la palabra *thirteen*, lo que de nuevo nos da dos caracteres, «i» y «n», representados

represented by 6 and *.

"Referring, now, to the beginning of the cryptograph, we find the combination,

53‡‡†.

"Translating as before, we obtain

good,

which assures us that the first letter is *A*, and that the first two words are 'A good.'

"It is now time that we arrange our key, as far as discovered, in a tabular form, to avoid confusion. It will stand thus:

5	represents	a
†	"	d
8	"	e
3	"	g
4	"	h
6	"	i
*	"	n
‡	"	o
(	"	r
;	"	t
?	"	u

"We have, therefore, no less than eleven of the most important letters represented, and it will be unnecessary to proceed with the details of the solution. I have said enough to convince you that ciphers of this nature are readily soluble, and to give you some insight into the rationale of their development. But be assured that the specimen before us appertains to the very simplest species of cryptograph. It now only remains to give you the full translation of the characters upon the parchment, as unriddled. Here it is:

por «6» y «*».

»Si vamos ahora al comienzo del criptograma podemos encontrar la combinación

53‡‡†.

»Si lo traducimos como antes obtenemos:

good,

»que nos asegura que la primera letra es una «a», y que las primeras dos palabras son «*A good*».

»Es ahora momento de ordenar nuestra clave, lo descubierto hasta ahora, en una tabla para evitar la confusión. La tabla queda de la siguiente forma:

5	representa	a
†	"	d
8	"	e
3	"	g
4	"	h
6	"	i
*	"	n
‡	"	o
(	"	r
;	"	t
?	"	u

»Tenemos entonces, once de las letras más importantes representadas y no será necesario proceder con los detalles de la solución. Ya he dicho suficiente para convencerlo de que los códigos de esta naturaleza son sencillos de resolver y le he dado cierta explicación del razonamiento de su desarrollo. Pero es seguro que el espécimen ante el que nos encontramos pertenece a la especie más simple de criptogramas. Resta ahora darle la traducción completa de los caracteres en el pergamino, ya resueltos. Es la siguiente:

> *A good glass in the bishop's hostel in the devil's seat forty-one degrees and thirteen minutes northeast and by north main branch seventh limb east side shoot from the left eye of the death's-head a bee line from the tree through the shot fifty feet out.*

"But," said I, "the enigma seems still in as bad a condition as ever. How is it possible to extort a meaning from all this jargon about 'devil's seats,' 'death's heads,' and 'bishop's hotels?'"

"I confess," replied Legrand, "that the matter still wears a serious aspect, when regarded with a casual glance. My first endeavor was to divide the sentence into the natural division intended by the cryptographist."

"You mean, to punctuate it?"

"Something of that kind."

"But how was it possible to effect this?"

"I reflected that it had been a point with the writer to run his words together without division, so as to increase the difficulty of solution. Now, a not over-acute man, in pursuing such an object, would be nearly certain to overdo the matter. When, in the course of his composition, he arrived at a break in his subject which would naturally require a pause, or a point, he would be exceedingly apt to run his characters, at this place, more than usually close together. If you will observe the MS., in the present instance, you will easily detect five such cases of unusual crowding. Acting upon this hint, I made the division thus: 'A good glass in the Bishop's hostel in the Devil's seat—forty-one degrees and thirteen minutes—northeast and by north—main branch seventh limb east side—shoot from the left eye of the death's-head—a bee-line from the tree through the shot fifty feet out.'"

A good glass in the bishop's hostel in the devil's seat forty-one degrees and thirteen minutes northeast and by north main branch seventh limb east side shoot from the left eye of the death's-head a bee line from the tree through the shot fifty feet out.[2]

—Pero —respondí—, el enigma sigue siendo tan complejo como siempre. ¿Cómo es posible extraer un significado de toda esta jerga sobre «asientos del diablo», «cabezas de muertos» y «hostales de obispos»?

—Reconozco —respondió Legrand— que el asunto todavía tiene un aire serio cuando se lo ve de forma casual. Mi primera tarea fue dividir la frase de la forma natural que pretendía el criptógrafo.

—Es decir, ¿puntuarla?

—Algo parecido.

—Pero ¿cómo es posible hacer esto?

—Llegué a la conclusión de que la intención de quien lo escribió era juntar las palabras sin división, para aumentar la dificultad de resolución. Pero, un hombre no superdotado, al perseguir esto, casi seguramente se excedería en tal tarea. Cuando, durante la composición, llegaba a una interrupción del tema que requería naturalmente una pausa o un punto, se excedía al juntar los caracteres aun más de lo acostumbrado. Si observa el manuscrito, en esta instancia, podrá detectar con facilidad cinco casos de agrupamiento inusual. Usando esta pista lo dividí de la siguiente manera: «Un cristal en el hostal del obispo en el asiento del diablo, cuarenta y un grados y trece minutos, noreste y al norte, la rama principal, séptima rama del lado este, lanzar desde el ojo izquierdo de la cabeza del muerto una línea desde el árbol, desde el lanzamiento, quince metros».

2 «Un cristal en la hostería del obispo en el asiento del diablo cuarenta y un grados y trece minutos al noreste y por el norte la rama principal la séptima rama del lado este lanzar desde el ojo izquierdo de la cabeza del muerto una línea desde el árbol desde el lanzamiento quince metros».

"Even this division," said I, "leaves me still in the dark."

"It left me also in the dark," replied Legrand, "for a few days; during which I made diligent inquiry, in the neighborhood of Sullivan's Island, for any building which went by the name of the 'Bishop's Hotel;' for, of course, I dropped the obsolete word 'hostel.' Gaining no information on the subject, I was on the point of extending my sphere of search, and proceeding in a more systematic manner, when, one morning, it entered into my head, quite suddenly, that this 'Bishop's Hostel' might have some reference to an old family, of the name of Bessop, which, time out of mind, had held possession of an ancient manor-house, about four miles to the northward of the island. I accordingly went over to the plantation, and re-instituted my inquiries among the older negroes of the place. At length one of the most aged of the women said that she had heard of such a place as Bessop's Castle, and thought that she could guide me to it, but that it was not a castle nor a tavern, but a high rock.

"I offered to pay her well for her trouble, and, after some demur, she consented to accompany me to the spot. We found it without much difficulty, when, dismissing her, I proceeded to examine the place. The 'castle' consisted of an irregular assemblage of cliffs and rocks—one of the latter being quite remarkable for its height as well as for its insulated and artificial appearance. I clambered to its apex, and then felt much at a loss as to what should be next done.

"While I was busied in reflection, my eyes fell upon a narrow ledge in the eastern face of the rock, perhaps a yard below the summit upon which I stood. This ledge projected about eighteen inches, and was not more than a foot wide, while a niche in the cliff just above it gave it a rude resemblance to one of the hollow-backed chairs used by our ancestors. I made no doubt that here was the 'devil's seat' alluded to in the MS., and now I seemed to grasp the full secret of the riddle.

"The 'good glass,' I knew, could have reference to nothing but a telescope; for the word 'glass' is rarely employed in any other sense by seamen. Now here, I at once saw, was a telescope to be

—Incluso con esta división sigo confundido —objeté.

—Yo también seguía confundido —respondió Legrand—, por unos días, durante los cuales busqué con diligencia en el vecindario de la Isla de Sullivan cualquier construcción que llevara el nombre «Hotel del Obispo», ya que, por supuesto, dejé de lado la palabra «hostal», ya obsoleta. Al no encontrar información sobre el tema estaba a punto de extender mi radio de búsqueda y proceder de forma más sistemática cuando una mañana, de repente, me vino a la cabeza que este «Hostal del Obispo» podía referirse a una antigua familia, de nombre Bessop[3] que, en otro tiempo, fue poseedora de una gran finca antigua, a unos seis kilómetros al norte de la isla. Fui entonces a la plantación y reanudé mi investigación con los negros más viejos del lugar. Al final una de las mujeres más ancianas me dijo que había oído de un lugar llamado «Castillo de Bessop» y creía que me podía llevar hasta allí, pero que no era un castillo ni una posada, sino una roca alta.

»Le ofrecí pagarle por las molestias y, tras algunas cortesías, acepté acompañarme hasta el lugar. No fue muy difícil encontrarlo y una vez que la hube despedido procedí a explorar el lugar. El «castillo» consistía de un ensamblaje irregular de barrancos y rocas, una de las cuales destacaba bastante por su altura y su apariencia artificial y aislada. Trepé hasta su cima y me encontré entonces perdido en cuanto a cómo debía proceder.

»Mientras me ocupaba en reflexionar mi mirada cayó en un saliente estrecha en el lado este de la roca, tal vez un metro debajo de la cima, en donde estaba parado. Este saliente se proyectaba casi medio metro y no tenía más de treinta centímetros de ancho; un hueco en la barranca, justo encima, le daba una semejanza a una de las sillas de respaldo cóncavo que usaban nuestros ancestros. No tuve duda que esta era la «silla del diablo» a la que se refería el manuscrito y ahora parecía comprender todo el secreto del acertijo.

»El «cristal», entendí, no se refería a nada más que un telescopio,

3 «Bishop», en inglés: «obispo».

used, and a definite point of view, admitting no variation, from which to use it. Nor did I hesitate to believe that the phrases, 'forty-one degrees and thirteen minutes,' and 'northeast and by north,' were intended as directions for the levelling of the glass. Greatly excited by these discoveries, I hurried home, procured a telescope, and returned to the rock.

"I let myself down to the ledge, and found that it was impossible to retain a seat upon it except in one particular position. This fact confirmed my preconceived idea. I proceeded to use the glass. Of course, the 'forty-one degrees and thirteen minutes' could allude to nothing but elevation above the visible horizon, since the horizontal direction was clearly indicated by the words, 'northeast and by north.' This latter direction I at once established by means of a pocket-compass; then, pointing the glass as nearly at an angle of forty-one degrees of elevation as I could do it by guess, I moved it cautiously up or down, until my attention was arrested by a circular rift or opening in the foliage of a large tree that overtopped its fellows in the distance. In the centre of this rift I perceived a white spot, but could not, at first, distinguish what it was. Adjusting the focus of the telescope, I again looked, and now made it out to be a human skull.

"Upon this discovery I was so sanguine as to consider the enigma solved; for the phrase 'main branch, seventh limb, east side,' could refer only to the position of the skull upon the tree, while 'shoot from the left eye of the death's head' admitted, also, of but one interpretation, in regard to a search for buried treasure. I perceived that the design was to drop a bullet from the left eye of the skull, and that a bee-line, or, in other words, a straight line, drawn from the nearest point of the trunk through 'the shot,' (or the spot where the bullet fell,) and thence extended to a distance of fifty feet, would indicate a definite point—and beneath this point I thought it at least possible that a deposit of value lay concealed."

"All this," I said, "is exceedingly clear, and, although ingenious, still simple and explicit. When you left the Bishop's Hotel, what then?"

ya que la palabra «cristal» rara vez tiene otro uso para un marinero. Entonces comprendí que debía utilizar un telescopio, desde un punto de vista específico y sin variación. No dudé tampoco que las frases «cuarenta y un grados y trece minutos» y «noreste y al norte» eran las direcciones de nivelación del telescopio. Muy emocionado por el descubrimiento me apresuré por volver a casa, buscar un telescopio y volver a la roca.

»Bajé hasta el saliente y encontré que solo era posible mantenerse sentado en una posición específica. Esto confirmó mi idea. Procedí a usar el telescopio. Estaba claro que los «cuarenta y un grados y trece minutos» indicaban la elevación sobre el horizonte visible, ya que la dirección horizontal estaba indicada ya por las palabras «noreste y al norte». Esta última dirección pude establecer mediante una brújula de bolsillo y, apuntando el telescopio en los casi cuarenta y un grados que pude deducir a simple vista, lo moví con cuidado hacia arriba y hacia abajo hasta que captó mi atención una brecha o espacio en el follaje de un gran árbol que sobresalía de sus compañeros en la distancia. En el centro de esta brecha encontré un punto blanco, pero no pude, al comienzo, distinguir lo que era. Tras ajustar el enfoque del telescopio volví a mirar y vi que era una calavera humana.

»Este descubrimiento me llevó a considerar que el enigma ya estaba resuelto, puesto que la frase «rama principal, séptima rama, lado este» solo podía referirse a la posición de la calavera en el árbol; mientras que «lanzar desde el ojo izquierdo de la calavera», solo admitía, también, una interpretación en cuanto a la búsqueda del tesoro enterrado. Percibí que el designio era lanzar una bala desde el ojo izquierdo de la calavera y que la línea, que debía ser recta, se debía dibujar desde el punto más cercano del tronco hasta «el lanzamiento» (o el lugar donde cayera la bala) y extendida por una distancia de quince metros indicaría un punto definido, bajo el cual pensé que podía haber un depósito de valor enterrado.

—Todo esto —dije— está bien claro y aunque ingenioso, es todavía simple y explícito. Al dejar el hostal del obispo, ¿qué hizo?

"Why, having carefully taken the bearings of the tree, I turned homewards. The instant that I left 'the devil's seat,' however, the circular rift vanished; nor could I get a glimpse of it afterwards, turn as I would. What seems to me the chief ingenuity in this whole business, is the fact (for repeated experiment has convinced me it is a fact) that the circular opening in question is visible from no other attainable point of view than that afforded by the narrow ledge upon the face of the rock.

"In this expedition to the 'Bishop's Hotel' I had been attended by Jupiter, who had, no doubt, observed, for some weeks past, the abstraction of my demeanor, and took especial care not to leave me alone. But, on the next day, getting up very early, I contrived to give him the slip, and went into the hills in search of the tree. After much toil I found it. When I came home at night my valet proposed to give me a flogging. With the rest of the adventure I believe you are as well acquainted as myself."

"I suppose," said I, "you missed the spot, in the first attempt at digging, through Jupiter's stupidity in letting the bug fall through the right instead of through the left eye of the skull."

"Precisely. This mistake made a difference of about two inches and a half in the 'shot'—that is to say, in the position of the peg nearest the tree; and had the treasure been beneath the 'shot,' the error would have been of little moment; but 'the shot,' together with the nearest point of the tree, were merely two points for the establishment of a line of direction; of course the error, however trivial in the beginning, increased as we proceeded with the line, and by the time we had gone fifty feet, threw us quite off the scent. But for my deep-seated impressions that treasure was here somewhere actually buried, we might have had all our labor in vain."

"But your grandiloquence, and your conduct in swinging the beetle—how excessively odd! I was sure you were mad. And why did you insist upon letting fall the bug, instead of a bullet, from the skull?"

"Why, to be frank, I felt somewhat annoyed by your evident

—Bueno, tras registrar la ubicación del árbol me dirigí a mi casa. Sin embargo, en el instante en que abandoné el «asiento del diablo» la brecha circular desapareció y no pude encontrarla nuevamente por más que la buscara. Lo que me pareció lo más ingenioso de este asunto es el hecho (experimentarlo repetidamente me ha convencido de esto) de que la brecha circular en cuestión es solo visible desde el punto de vista del estrecho saliente de la roca.

»En esta expedición al «hostal del obispo» me acompañó Júpiter, quien, sin duda, observó durante unas semanas la abstracción de mi comportamiento y se ocupó con afán en no dejarme solo. Pero al día siguiente, habiéndome levantado temprano, procuré escaparme de él y me encaminé a las colinas en busca del árbol. Luego de un gran esfuerzo lo encontré. Al volver a casa a la noche mi ayudante pretendía darme una paliza. El resto de la aventura creo que ya la conoce tan bien como yo.

—Supongo —dije— que no encontró el lugar al primer intento de excavación debido a la estupidez de Júpiter de dejar caer el bicho por el ojo derecho de la calavera en lugar del izquierdo.

—Precisamente. Este error marcó una diferencia de casi seis centímetros en el «lanzamiento», es decir, en la posición de la estaca más cercana al árbol y, de haber estado el tesoro bajo el «lanzamiento» el error se hubiera solucionado en cuestión de pocos momentos; pero el «lanzamiento», junto con el punto más cercano al árbol, eran solo dos puntos que ayudaban a establecer una dirección. Por supuesto que el error, aunque trivial al principio, se incrementó a medida que procedíamos con la línea y para cuando nos movimos quince metros nos desorientó lo suficiente. De no haber estado tan seguro de que el tesoro yacía enterrado allí en alguna parte todo nuestro trabajo habría sido en vano.

—Pero su grandilocuencia, su actitud al balancear el escarabajo, ¡cuán extraño! Lo daba por loco. Y ¿por qué insistió en dejar caer el bicho por la calavera en lugar de una bala?

—Bueno, a decir verdad, me sentí algo molesto por su evidente

suspicions touching my sanity, and so resolved to punish you quietly, in my own way, by a little bit of sober mystification. For this reason I swung the beetle, and for this reason I let it fall it from the tree. An observation of yours about its great weight suggested the latter idea."

"Yes, I perceive; and now there is only one point which puzzles me. What are we to make of the skeletons found in the hole?"

"That is a question I am no more able to answer than yourself. There seems, however, only one plausible way of accounting for them—and yet it is dreadful to believe in such atrocity as my suggestion would imply. It is clear that Kidd—if Kidd indeed secreted this treasure, which I doubt not—it is clear that he must have had assistance in the labor. But this labor concluded, he may have thought it expedient to remove all participants in his secret. Perhaps a couple of blows with a mattock were sufficient, while his coadjutors were busy in the pit; perhaps it required a dozen—who shall tell?"

suspicacia acerca de mi sano juicio y decidí castigarlo en secreto, a mi manera, con algo de mistificación sobria. Por esta razón balanceaba el escarabajo y por esta razón lo elegí para dejar caer desde el árbol. Su observación acerca de su gran peso me sugirió esta última idea.

—Sí, ahora lo noto. Solo resta un punto que aún me intriga. ¿Qué hay de los esqueletos que encontramos en el hoyo?

—Esa es una pregunta a la cual no tengo más respuesta que usted. Pareciera, sin embargo, que hay una sola explicación; aunque me duele creer en la atrocidad que mi sugerencia implica. Está claro que Kidd... si es que fue él quien escondió este tesoro, que no lo dudo... está claro que habrá necesitado ayuda en la labor. Pero al terminar habrá creído pertinente eliminar a quien haya participado de su secreto. Tal vez un par de golpes con una azada mientras sus ayudantes estaban ocupados en el pozo hayan bastado; tal vez fueron doce, ¿quién sabe?

THE ASSIGNATION

Stay for me there! I will not fail.
To meet thee in that hollow vale.
—(*Exequy on the death of his wife, by Henry King, Bishop of Chichester.*)

Ill-fated and mysterious man!—bewildered in the brilliancy of thine own imagination, and fallen in the flames of thine own youth! Again in fancy I behold thee! Once more thy form hath risen before me!—not—oh! not as thou art—in the cold valley and shadow—but as thou *shouldst be*—squandering away a life of magnificent meditation in that city of dim visions, thine own Venice—which is a star-beloved Elysium of the sea, and the wide windows of whose Palladian palaces look down with a deep and bitter meaning upon the secrets of her silent waters. Yes! I repeat it—as thou *shouldst be*. There are surely other worlds than this—other thoughts than the thoughts of the multitude—other speculations than the speculations of the sophist. Who then shall call thy conduct into question? who blame thee for thy visionary hours, or denounce those occupations as a wasting away of life, which were but the overflowings of thine everlasting energies?

It was at Venice, beneath the covered archway there called the *Ponte di Sospiri*, that I met for the third or fourth time the person of whom I speak. It is with a confused recollection that I bring to mind the circumstances of that meeting. Yet I remember—ah! how should I forget?—the deep midnight, the Bridge of Sighs, the beauty of woman, and the Genius of Romance that stalked up and down the narrow canal.

It was a night of unusual gloom. The great clock of the Piazza had sounded the fifth hour of the Italian evening. The square of the Campanile lay silent and deserted, and the lights in the old Ducal Palace were dying fast away. I was returning home from the Piazzetta, by way of the Grand Canal. But as my gondola arrived opposite the mouth of the canal San Marco, a female voice from its recesses broke suddenly upon the night, in one wild, hysterical, and long continued shriek. Startled at the sound, I sprang upon my feet: while the gondolier, letting slip his single oar, lost it

LA CITA

> ¡Quédate allí! No dudes que nos encontraremos
> en aquel valle vacío.
> —(Exequia para la muerte de su esposa, por Henry King, obispo
> de Chichester).

¡Hombre misterioso y desafortunado! ¡Desconcertado por el brillo de tu propia imaginación y caído en las llamas de tu propia juventud! ¡Nuevamente te admiro! ¡Una vez más tu forma se alza sobre mí! No; esta vez no como eres, en el valle frío de sombra, sino como *deberías ser,* derrochando una vida de magnífica meditación en aquella ciudad de tenues visiones, tu propia Venecia, Elíseo del mar amado por las estrellas, cuyas amplias ventanas de palacios palladianos miran desde arriba con un profundo y amargo significado y encuentran los secretos de sus aguas silenciosas. ¡Si! Lo repito: como *deberías ser.* De seguro habrá otros mundos que este, otros pensamientos que los de las multitudes, otras especulaciones que las del sofista. ¿Quién entonces cuestionará tu conducta? ¿Quién te culpará por tus horas visionarias o denunciará tus ocupaciones como derroche de la vida, cuando no eran más que el desborde de tus eternas energías?

Fue en Venecia, bajo el arco cubierto que allí llaman el *Ponte di Sospiri*, que me encontré por tercera o cuarta vez a la persona de quien hablo. Con confusión en mis recuerdos traigo a colación las circunstancias de aquella reunión. Aun así recuerdo la profunda medianoche —¡cómo podría olvidar!—, el Puente de los Suspiros, la belleza femenina y el aire romántico que fluía de arriba abajo por el estrecho canal.

Era una noche de oscuridad peculiar. El gran reloj de la *piazza* resonó en la quinta hora de la tarde italiana. La plaza del Campanile descansaba desierta y silenciosa y las luces del viejo Palacio Ducal se apagaban con rapidez. Volvía yo a casa desde la *piazzetta* por el Gran Canal. Pero al llegar mi góndola frente a la desembocadura del canal San Marco una voz femenina irrumpió desde sus profundidades en la noche con un grito salvaje, histérico y prolongado. Alarmado por el sonido me levanté de repente, mientras que el gondolero soltaba su único remo, perdiéndolo en la oscuridad total sin ninguna po-

in the pitchy darkness beyond a chance of recovery, and we were consequently left to the guidance of the current which here sets from the greater into the smaller channel. Like some huge and sable-feathered condor, we were slowly drifting down towards the Bridge of Sighs, when a thousand flambeaux flashing from the windows, and down the staircases of the Ducal Palace, turned all at once that deep gloom into a livid and preternatural day.

A child, slipping from the arms of its own mother, had fallen from an upper window of the lofty structure into the deep and dim canal. The quiet waters had closed placidly over their victim; and, although my own gondola was the only one in sight, many a stout swimmer, already in the stream, was seeking in vain upon the surface, the treasure which was to be found, alas! only within the abyss. Upon the broad black marble flagstones at the entrance of the palace, and a few steps above the water, stood a figure which none who then saw can have ever since forgotten. It was the Marchesa Aphrodite—the adoration of all Venice—the gayest of the gay—the most lovely where all were beautiful—but still the young wife of the old and intriguing Mentoni, and the mother of that fair child, her first and only one, who now, deep beneath the murky water, was thinking in bitterness of heart upon her sweet caresses, and exhausting its little life in struggles to call upon her name.

She stood alone. Her small, bare, and silvery feet gleamed in the black mirror of marble beneath her. Her hair, not as yet more than half loosened for the night from its ball-room array, clustered, amid a shower of diamonds, round and round her classical head, in curls like those of the young hyacinth. A snowy-white and gauze-like drapery seemed to be nearly the sole covering to her delicate form; but the mid-summer and midnight air was hot, sullen, and still, and no motion in the statue-like form itself, stirred even the folds of that raiment of very vapor which hung around it as the heavy marble hangs around the Niobe. Yet—strange to say!—her large lustrous eyes were not turned downwards upon that grave wherein her brightest hope lay buried—but riveted in a widely different direction! The prison of the Old Republic is, I think, the stateliest building in all Venice—but how could that lady gaze so fixedly upon it, when beneath her lay stifling her

sibilidad de recuperarlo; fuimos entonces dejados a la suerte de la corriente, que nos llevaba desde el canal más grande hacia el más pequeño. Como un enorme cóndor de plumas negras descendíamos hacia el Puente de los Suspiros cuando miles de antorchas iluminaron desde las ventanas y las escaleras del Palacio Ducal, tornando de repente aquella profunda oscuridad en un día lívido y sobrenatural.

Un niño, deslizándose de los brazos de su propia madre, había caído desde una ventana de alta estructura hacia la profundidad del oscuro canal. Las calmas aguas se habían cerrado con tranquilidad sobre su víctima y, aunque mi propia góndola era la única a la vista, varios nadadores decididos, ya en la corriente, en vano buscaban en la superficie el tesoro que solo habría de encontrarse, lamentablemente, en la profundidad del abismo. Sobre las anchas y negras losas de piedra de la entrada del palacio y algunos escalones por encima del agua se alzaba una figura que nadie que haya visto entonces ha podido olvidar. Era la marquesa Afrodita, adorada por toda Venecia, la más bella de todas, la más hermosa allí en donde son todas hermosas; pero, sin embargo, joven esposa del viejo e intrigante Mentoni y madre de aquel bello niño, su primer y único hijo, quien ahora pensaba con amargura en su corazón, bajo el agua turbia, en las dulces caricias de su madre, agotando su frágil vida en la lucha por llamarla.

Estaba parada sola. Sus pequeños pies descalzos y plateados brillaban sobre el espejo de mármol negro que tenía debajo. Su cabello, no del todo suelto, ya que había estado antes preparado para el baile, agrupado en una lluvia de diamantes alrededor de su cabeza de belleza clásica, con rulos como los del joven Jacinto. La vestimenta de gasa blanca como la nieve parecía ser lo único que cubría su delicada figura; pero el aire veraniego de medianoche era cálido, pesado y tranquilo, y ningún movimiento de aquella forma semejante a una estatua siquiera movía los pliegues de aquellas vestiduras, ligeras como el vapor, que colgaban sobre ella como el mármol pesado cuelga sobre Níobe. Sin embargo, aunque parezca extraño, sus ojos grandes y brillantes no miraban hacia abajo, donde se hallaba enterrada su más brillante esperanza, sino que se fijaban en una dirección totalmente distinta. La prisión de la antigua república es, creo yo, el edificio más majestuoso de toda Venecia, pero ¿cómo podía la

only child? Yon dark, gloomy niche, too, yawns right opposite her chamber window—what, then, *could* there be in its shadows—in its architecture—in its ivy-wreathed and solemn cornices—that the Marchesa di Mentoni had not wondered at a thousand times before? Nonsense!—Who does not remember that, at such a time as this, the eye, like a shattered mirror, multiplies the images of its sorrow, and sees in innumerable far-off places, the woe which is close at hand?

Many steps above the Marchesa, and within the arch of the water-gate, stood, in full dress, the Satyr-like figure of Mentoni himself. He was occasionally occupied in thrumming a guitar, and seemed *ennuyé* to the very death, as at intervals he gave directions for the recovery of his child. Stupefied and aghast, I had myself no power to move from the upright position I had assumed upon first hearing the shriek, and must have presented to the eyes of the agitated group a spectral and ominous appearance, as with pale countenance and rigid limbs, I floated down among them in that funereal gondola.

All efforts proved in vain. Many of the most energetic in the search were relaxing their exertions, and yielding to a gloomy sorrow. There seemed but little hope for the child; (how much less than for the mother!) but now, from the interior of that dark niche which has been already mentioned as forming a part of the Old Republican prison, and as fronting the lattice of the Marchesa, a figure muffled in a cloak, stepped out within reach of the light, and, pausing a moment upon the verge of the giddy descent, plunged headlong into the canal. As, in an instant afterwards, he stood with the still living and breathing child within his grasp, upon the marble flagstones by the side of the Marchesa, his cloak, heavy with the drenching water, became unfastened, and, falling in folds about his feet, discovered to the wonder-stricken spectators the graceful person of a very young man, with the sound of whose name the greater part of Europe was then ringing.

No word spoke the deliverer. But the Marchesa! She will now receive her child—she will press it to her heart—she will cling to

dama fijar tanto su mirada en ella cuando debajo suyo se asfixiaba su único hijo? Además, el nicho oscuro y lúgubre está precisamente frente a la ventana de su aposento, ¿qué *podía* haber entonces en sus sombras, en la arquitectura, en sus cornisas solemnes y cubiertas de enredaderas que la marquesa di Mentoni no hubiera visto antes ya miles de veces? ¡Tonterías! ¿Quién no recordaría, en un momento como este, que el ojo, cual espejo roto, multiplica la imagen del sufrimiento y encuentra en innumerables lugares lejanos la pena que está al alcance de su mano?

Varios escalones más arriba de donde se encontraba la marquesa, y dentro del arco del portal sobre el canal, estaba, vestido elegantemente, la figura del mismo Mentoni, similar a un sátiro. Se entretenía de vez en cuando en rasgar una guitarra y parecía *ennuyé* hasta la muerte, ya que a intervalos daba órdenes para la recuperación de su hijo. Estupefacto y horrorizado no fui capaz de moverme de la posición erguida que había adoptado al oír el grito por primera vez y debo de haber transmitido a los ojos del agitado grupo una apariencia espectral y ominosa, ya que con semblante pálido y las extremidades rígidas fue que flotaba yo entre ellos en aquella góndola fúnebre.

Todos los esfuerzos resultaron en vano. Varios de los más enérgicos en la búsqueda relajaban ya sus esfuerzos y se rendían a una pena sombría. Parecía haber poca esperanza para el niño —¡cuánta menos para la madre!—; pero ahora, desde el interior de aquel nicho oscuro que ya fue mencionado como parte de la prisión de la vieja república, alzado ante la celosía de la marquesa, una figura envuelta en una capa salió al alcance de la luz y, tras una pausa momentánea en el borde del vertiginoso descenso, se lanzó de cabeza al canal. Cuando un instante después se levantó con el niño en sus brazos, todavía vivo y respirando, sobre las losas de mármol junto a la marquesa, su capa, empapada y pesada por el agua, se soltó y, cayendo doblada a sus pies, permitió a los espectadores sorprendidos ver la figura agraciada de un hombre joven, cuyo nombre resonaba por ese entonces en la mayor parte de Europa.

No hubo palabra por parte del héroe. ¡Pero la marquesa! Ahora podrá recibir al niño, abrazarlo contra su corazón, aferrarse a su

its little form, and smother it with her caresses. Alas! *another's* arms have taken it from the stranger—*another's* arms have taken it away, and borne it afar off, unnoticed, into the palace! And the Marchesa! Her lip—her beautiful lip trembles; tears are gathering in her eyes—those eyes which, like Pliny's acanthus, are "soft and almost liquid." Yes! tears are gathering in those eyes—and see! the entire woman thrills throughout the soul, and the statue has started into life! The pallor of the marble countenance, the swelling of the marble bosom, the very purity of the marble feet, we behold suddenly flushed over with a tide of ungovernable crimson; and a slight shudder quivers about her delicate frame, as a gentle air at Napoli about the rich silver lilies in the grass.

Why *should* that lady blush! To this demand there is no answer—except that, having left, in the eager haste and terror of a mother's heart, the privacy of her own *boudoir*, she has neglected to enthral her tiny feet in their slippers, and utterly forgotten to throw over her Venetian shoulders that drapery which is their due. What other possible reason could there have been for her so blushing?—for the glance of those wild appealing eyes?—for the unusual tumult of that throbbing bosom?—for the convulsive pressure of that trembling hand?—that hand which fell, as Mentoni turned into the palace, accidentally, upon the hand of the stranger. What reason could there have been for the low—the singularly low tone of those unmeaning words which the lady uttered hurriedly in bidding him adieu? "Thou hast conquered," she said, or the murmurs of the water deceived me; "thou hast conquered—one hour after sunrise—we shall meet—so let it be!"

***

The tumult had subsided, the lights had died away within the palace, and the stranger, whom I now recognized, stood alone upon the flags. He shook with inconceivable agitation, and his eye glanced around in search of a gondola. I could not do less than offer him the service of my own; and he accepted the civility. Having obtained an oar at the water-gate, we proceeded together to his residence, while he rapidly recovered his self-possession, and spoke of our former slight acquaintance in terms of great apparent cordiality.

pequeña forma y llenarlo de caricias. Sin embargo, ¡ay, desgracia! ¡Los brazos de *alguien más* lo habían arrebatado, los brazos de *alguien más* se lo llevaron a un lugar lejano, desapercibidos, hasta el palacio! ¡Y la marquesa! Sus labios, sus hermosos labios tiemblan; sus ojos reúnen lágrimas, aquellos ojos que, como los acantos de Plinio, son «suaves y casi líquidos». ¡Sí! Aquellos ojos acumulan lágrimas. La mujer tiembla hasta el alma y la estatua cobra vida. La palidez del semblante de mármol, la hinchazón del pecho de mármol, la pureza de los pies de mármol, se ven de repente cubiertos por una ola carmesí incontrolable; y su delicada figura se estremece levemente, como el aire suave en Nápoles sobre los bellos lirios plateados entre el césped.

¿Por qué se *sonrojaría* la dama? Para esto no hay respuesta, a no ser que, en el trajín y horror del corazón de una madre, haya dejado la privacidad de su tocador sin poner en sus pequeños pies unas pantuflas y olvidado poner sobre sus hombros venecianos el velo correspondiente. ¿Qué otra razón podría haber para tal sonrojo?, ¿para la mirada de esos ojos salvajes y suplicantes?, ¿para el inusual tumulto de aquel pecho palpitante?, ¿para la presión convulsiva de aquella mano temblorosa? Esa mano que cayó accidentalmente sobre la mano del desconocido cuando Mentoni entró en el palacio. ¿Qué razón habría para el bajo —llamativamente bajo— tono de aquellas palabras sin sentido que la dama pronunció en un apuro al despedirlo? «Has vencido», dijo ella, si no me engañan los murmullos del agua; «has vencido, una hora después del amanecer, nos encontraremos, que así sea».

***

El tumulto se calmó, las luces se apagaron dentro del palacio y el extraño, a quien ahora yo reconocía, se hallaba solo ante las banderas. Temblaba con un nerviosismo inconcebible y su mirada buscaba por todos lados una góndola. No podía yo hacer menos que ofrecerle el servicio de la mía; y el aceptó la cortesía. Una vez que obtuve un remo en la puerta sobre el canal nos dirigimos a su residencia, mientras que él recuperaba rápidamente su compostura y mencionaba nuestro anterior —aunque escaso— trato en términos de aparente gran cordialidad.

There are some subjects upon which I take pleasure in being minute. The person of the stranger—let me call him by this title, who to all the world was still a stranger—the person of the stranger is one of these subjects. In height he might have been below rather than above the medium size: although there were moments of intense passion when his frame actually *expanded* and belied the assertion. The light, almost slender symmetry of his figure, promised more of that ready activity which he evinced at the Bridge of Sighs, than of that Herculean strength which he has been known to wield without an effort, upon occasions of more dangerous emergency. With the mouth and chin of a deity—singular, wild, full, liquid eyes, whose shadows varied from pure hazel to intense and brilliant jet—and a profusion of curling, black hair, from which a forehead of unusual breadth gleamed forth at intervals all light and ivory—his were features than which I have seen none more classically regular, except, perhaps, the marble ones of the Emperor Commodus. Yet his countenance was, nevertheless, one of those which all men have seen at some period of their lives, and have never afterwards seen again. It had no peculiar, it had no settled predominant expression to be fastened upon the memory; a countenance seen and instantly forgotten, but forgotten with a vague and never-ceasing desire of recalling it to mind. Not that the spirit of each rapid passion failed, at any time, to throw its own distinct image upon the mirror of that face—but that the mirror, mirror-like, retained no vestige of the passion, when the passion had departed.

Upon leaving him on the night of our adventure, he solicited me, in what I thought an urgent manner, to call upon him *very* early the next morning. Shortly after sunrise, I found myself accordingly at his Palazzo, one of those huge structures of gloomy, yet fantastic pomp, which tower above the waters of the Grand Canal in the vicinity of the Rialto. I was shown up a broad winding staircase of mosaics, into an apartment whose unparalleled splendor burst through the opening door with an actual glare, making me blind and dizzy with luxuriousness.

I knew my acquaintance to be wealthy. Report had spoken of his possessions in terms which I had even ventured to call terms of ridiculous exaggeration. But as I gazed about me, I could not

Hay algunos temas que me complace abordar con minuciosidad. La persona del extraño —permítanme llamar así a quien todo el mundo consideraba todavía un extraño— es uno de esos temas. Su altura debe haber sido menor que la media: aunque había momentos de pasión intensa en los que su contextura se *expandía* y contradecía esta alegación. La ligera y casi esbelta simetría de su figura prometía más de aquella actividad que demostró en el Puente de los Suspiros, que de aquella fuerza herculina que se sabía que podía ejercer sin esfuerzo en ocasiones de mayor peligro. Su boca y barbilla eran las de una deidad; sus ojos únicos, salvajes, llenos y líquidos, cuyas sombras variaban desde un color miel hasta un gris intenso y brillante; su cabello era negro y rizado y su frente, de una anchura inusual, brillaba por momentos como luces de marfil. Sus rasgos no eran rasgos que yo hubiera visto, excepto, tal vez, los rasgos en mármol del emperador Cómodo. Sin embargo, su rostro era uno de esos que todo hombre ve en algún momento de su vida y nunca más vuelve a ver. No era peculiar, no había en él ninguna expresión particular que pudiera grabarse en la memoria; un rostro visto y olvidado en el momento, pero olvidado con un leve e incesante deseo de recordarlo. No es que el espíritu de cada pasión dejara en alguna ocasión su propia imagen distintiva en el espejo de aquel rostro; sino que el espejo —como lo hacen los espejos—, no guardaba el vestigio de la pasión una vez que esta lo abandonaba.

Al despedirlo en la noche de nuestra aventura me pidió —interpreté que de manera urgente— que lo buscara *muy* temprano a la mañana siguiente. Poco después del amanecer me encontraba yo en su *palazzo*, una de aquellas grandes estructuras de pompa oscura, aunque fantástica, que se elevan sobre las aguas del Gran Canal en la cercanía del Rialto. Se me presentó una amplia y curvada escalinata de mosaicos, que llevaba a un salón cuyo esplendor sin igual brillaba a través de la puerta abierta con una mirada que me cegó y mareó ante su lujo.

Sabía que mi conocido era de buen pasar. Los rumores hablaban de sus posesiones en términos que llegué a considerar ridículos y exagerados. Pero al ver a mi alrededor no podía creer que la riqueza

bring myself to believe that the wealth of any subject in Europe could have supplied the princely magnificence which burned and blazed around.

Although, as I say, the sun had arisen, yet the room was still brilliantly lighted up. I judge from this circumstance, as well as from an air of exhaustion in the countenance of my friend, that he had not retired to bed during the whole of the preceding night. In the architecture and embellishments of the chamber, the evident design had been to dazzle and astound. Little attention had been paid to the *decora* of what is technically called *keeping*, or to the proprieties of nationality. The eye wandered from object to object, and rested upon none—neither the *grotesques* of the Greek painters, nor the sculptures of the best Italian days, nor the huge carvings of untutored Egypt. Rich draperies in every part of the room trembled to the vibration of low, melancholy music, whose origin was not to be discovered. The senses were oppressed by mingled and conflicting perfumes, reeking up from strange convolute censers, together with multitudinous flaring and flickering tongues of emerald and violet fire. The rays of the newly risen sun poured in upon the whole, through windows, formed each of a single pane of crimson-tinted glass. Glancing to and fro, in a thousand reflections, from curtains which rolled from their cornices like cataracts of molten silver, the beams of natural glory mingled at length fitfully with the artificial light, and lay weltering in subdued masses upon a carpet of rich, liquid-looking cloth of Chili gold.

"Ha! ha! ha!—ha! ha! ha!"—laughed the proprietor, motioning me to a seat as I entered the room, and throwing himself back at full-length upon an ottoman. "I see," said he, perceiving that I could not immediately reconcile myself to the *bienseance* of so singular a welcome—"I see you are astonished at my apartment—at my statues—my pictures—my originality of conception in architecture and upholstery! absolutely drunk, eh, with my magnificence? But pardon me, my dear sir, (here his tone of voice dropped to the very spirit of cordiality,) pardon me for my uncharitable laughter. You appeared so *utterly* astonished. Besides, some things are so completely ludicrous, that a man *must* laugh or die. To die laughing, must be the most glorious of all glorious deaths! Sir Thomas

de ningún sujeto de Europa pudiera costear la principesca magnificencia que resplandecía y brillaba en aquel lugar.

Como dije, el sol recién había salido, pero aun así la habitación ya estaba brillantemente iluminada. A juzgar por esta circunstancia y por el tono de cansancio en el semblante de mi amigo deduje que no se había acostado en toda la noche anterior. La arquitectura y decoración del aposento tenía como objetivo evidente deslumbrar y asombrar. Poca atención se le prestó al *decoro* de lo que en la jerga técnica se llama *conservación,* o a las propiedades de nacionalidad. La vista vagaba de un objeto a otro y no descansaba en ninguno, ni siquiera en las *grotescas* pinturas griegas, ni en las esculturas de la mejor época italiana, ni los enormes tallados del antiguo Egipto. Vívidos tapices en toda la habitación temblaban por la vibración de la música baja y melancólica, cuyo origen no pude descubrir. Los sentidos eran oprimidos por perfumes que se entremezclaban en conflicto, elevando su aroma desde extraños e intricados pebeteros, junto con multitudinarias lenguas de fuego chispeante color esmeralda y violeta. Los rayos del sol naciente se volcaban en todo, a través de las ventanas, cada una formada por un panel de cristal tintado carmesí. Mirando aquí y allá, en miles de reflejos, desde cortinas que se caían desde sus cornisas como cataratas de plata derretida, los rayos de gloria natural se mezclaban y encajaban con la luz artificial, y reposaron acumulados en grandes masas sobre una alfombra rica de apariencia líquida y bordaba con oro de Chile.

—¡Ja, ja, ja! ¡Ja, ja, ja! —rio el propietario, invitándome a tomar asiento mientras entraba yo a la habitación y se lanzaba él para acostarse sobre un otomano.

—Veo —dijo, al percibir que no podía yo reconciliarme con el decoro de tal bienvenida—. Veo que la habitación lo dejó perplejo, mis estatuas, mis imágenes, la originalidad del concepto de mi arquitectura y tapicería, embriagado, ¿no?, ¿por mi magnificencia? Pero discúlpeme, querido —entonces su voz tomó un tono de cordialidad pura—, disculpe mi risa irrespetuosa. Parecía usted *tan* atónito. Además, algunas cosas son tan ridículas que *es cuestión* de reír o morir. ¡Morir de la risa debe ser la muerte más gloriosa! Sir Thomas More,

More—a very fine man was Sir Thomas More—Sir Thomas More died laughing, you remember. Also in the *Absurdities* of Ravisius Textor, there is a long list of characters who came to the same magnificent end. Do you know, however," continued he musingly, "that at Sparta (which is now Palæochori,) at Sparta, I say, to the west of the citadel, among a chaos of scarcely visible ruins, is a kind of *socle*, upon which are still legible the letters ΛΑΞΜ. They are undoubtedly part of ΓΕΛΑΞΜΑ. Now, at Sparta were a thousand temples and shrines to a thousand different divinities. How exceedingly strange that the altar of Laughter should have survived all the others! But in the present instance," he resumed, with a singular alteration of voice and manner, "I have no right to be merry at your expense. You might well have been amazed. Europe cannot produce anything so fine as this, my little regal cabinet. My other apartments are by no means of the same order—mere *ultras* of fashionable insipidity. This is better than fashion—is it not? Yet this has but to be seen to become the rage—that is, with those who could afford it at the cost of their entire patrimony. I have guarded, however, against any such profanation. With one exception, you are the only human being besides myself and my *valet*, who has been admitted within the mysteries of these imperial precincts, since they have been bedizened as you see!"

I bowed in acknowledgment—for the overpowering sense of splendor and perfume, and music, together with the unexpected eccentricity of his address and manner, prevented me from expressing, in words, my appreciation of what I might have construed into a compliment.

"Here," he resumed, arising and leaning on my arm as he sauntered around the apartment, "here are paintings from the Greeks to Cimabue, and from Cimabue to the present hour. Many are chosen, as you see, with little deference to the opinions of Virtu. They are all, however, fitting tapestry for a chamber such as this. Here, too, are some *chefs d'oeuvre* of the unknown great; and here, unfinished designs by men, celebrated in their day, whose very names the perspicacity of the academies has left to silence and to me. What think you," said he, turning abruptly as he spoke—"what think you of this Madonna della Pietà?"

hombre excelente era Sir Thomas More, murió de la risa, recordará usted. También en los *Absurdos* de Ravisio Textor hay una larga lista de personajes que conocieron el mismo final. Sin embargo, ¿sabía que en Esparta, que ahora es Palaiochori; quiero decir, al oeste de la ciudadela, entre un caos de ruinas apenas visibles, hay una especie de *sócalo* en el que todavía se pueden ver las letras «ΛΑΞΜ». Son, sin duda, parte de «ΓΕΛΑΞΜΑ». Ahora bien, en Esparta había miles de templos y santuarios para miles de divinidades diferentes. ¡Cuán extraño es que de entre todos los altares el que haya sobrevivido sea el de la risa!

»Pero en este caso —reanudó su discurso, con una alteración singular en su voz y actitud—, no tengo yo razón para reírme a sus expensas. Puede usted asombrarse. Europa no puede producir nada tan refinado como este, mi pequeño gabinete real. El resto de las habitaciones no son de ningún modo similares, apenas son *exageraciones* de moda insípida. Esto es mejor que la moda, ¿verdad? Sin embargo, con solo verlo despertaría la rabia dc todo aquel que pudiera permitírselo a costa de todo su patrimonio. Me he protegido, no obstante, contra tales profanaciones. Con una excepción, es usted el único ser humano además de mí mismo y mi *valet* al que se le ha permitido adentrarse en los misterios de estos recintos imperiales desde que fueron adornados como puede ver ahora.

Me incliné en señal de reconocimiento, ya que la abrumadora sensación de esplendor y perfume, junto con la música y la excentricidad inesperada de su comportamiento me impidieron expresar en palabras mi apreciación por lo que pude entender era un cumplido.

—Aquí —prosiguió, mientras se levantaba, apoyándose en mi brazo para poder pasear por la habitación—, aquí hay pinturas de los griegos hasta de Cimabue, y de Cimabue hasta de los contemporáneas. Muchas fueron escogidas, como puede ver, sin dar mucha importancia a las opiniones de los expertos. Sin embargo, todas son acordes para un aposento como este. Aquí también hay algunas obras maestras de grandes desconocidos; y aquí, diseños inconclusos de hombres que supieron ser famosos, cuyos nombres las academias ocultaron con perspicacia, excepto a mí. ¿Qué opina? —me dijo, girando de forma abrupta mientras hablaba—. ¿Qué opina de

"It is Guido's own!" I said, with all the enthusiasm of my nature, for I had been poring intently over its surpassing loveliness. "It is Guido's own!—how *could* you have obtained it?—she is undoubtedly in painting what the Venus is in sculpture."

"Ha!" said he thoughtfully, "the Venus—the beautiful Venus?—the Venus of the Medici?—she of the diminutive head and the gilded hair? Part of the left arm (here his voice dropped so as to be heard with difficulty,) and all the right, are restorations; and in the coquetry of that right arm lies, I think, the quintessence of all affectation. Give *me* the Canova! The Apollo, too, is a copy—there can be no doubt of it—blind fool that I am, who cannot behold the boasted inspiration of the Apollo! I cannot help—pity me!—I cannot help preferring the Antinous. Was it not Socrates who said that the statuary found his statue in the block of marble? Then Michael Angelo was by no means original in his couplet—

> 'Non ha l'ottimo artista alcun concetto
> Che un marmo solo in se non circunscriva.'"

It has been, or should be remarked, that, in the manner of the true gentleman, we are always aware of a difference from the bearing of the vulgar, without being at once precisely able to determine in what such difference consists. Allowing the remark to have applied in its full force to the outward demeanor of my acquaintance, I felt it, on that eventful morning, still more fully applicable to his moral temperament and character. Nor can I better define that peculiarity of spirit which seemed to place him so essentially apart from all other human beings, than by calling it a *habit* of intense and continual thought, pervading even his most trivial actions—intruding upon his moments of dalliance—and interweaving itself with his very flashes of merriment—like adders which writhe from out the eyes of the grinning masks in the cornices around the temples of Persepolis.

I could not help, however, repeatedly observing, through the mingled tone of levity and solemnity with which he rapidly descanted upon matters of little importance, a certain air of trepi-

esta *Madonna della Pietà?*

—¡Pero si es la de Guido! —dije con un entusiasmo propio de mi naturaleza, absorto por su encanto sin igual—. ¡Es la de Guido! ¿Cómo *hizo* para obtenerla? Es sin duda para la pintura lo que la Venus es para la escultura.

—¡Ja! —dijo pensativo—. La Venus, ¿la hermosa Venus? ¿La Venus de los Medici? ¿La de cabeza diminuta y cabello dorado? Parte del brazo izquierdo —aquí su tono de voz bajó y se volvió difícil entenderle— y todo el brazo derecho fueron restaurados; y en la coquetería de ese brazo derecho está, creo yo, la quintaesencia de toda afectación. ¡A *mí* deme el Canova! El Apolo también es una copia, de eso no hay duda. ¡Ciego e ingenuo soy, que no puedo ver la inspiración tan alabada del Apolo! No puedo evitar, ¡pobre de mí!, no puedo evitar preferir el Antínoo. ¿No fue Sócrates quien dijo que el escultor encontraba su estatua en el bloque de mármol? Entonces Miguel Ángel no fue original en su dístico:

> Non ha l'attimo artista alcun concetto
> Che un marmo solo in se non circonscriva.

Se ha observado, o se debería observar, que el comportamiento de un verdadero caballero siempre será distinto al del hombre vulgar, sin poder identificar con exactitud en qué consiste tal diferencia. Al aplicar la totalidad de esta observación al comportamiento de mi amigo sentí, en aquella venturosa mañana, que se podía aplicar aún más a su temperamento y comportamiento moral. Tampoco puedo definir mejor aquella peculiaridad en su espíritu que parecía apartarlo de manera tan esencial de otros seres humanos, que llamarla un *hábito* de pensamiento intenso y continuo, que impregna hasta sus acciones más triviales, y se entreteje con sus destellos de alegría, como las serpientes que reptan de los ojos de las máscaras sonrientes en las esquinas de los templos de Persépolis.

No pude evitar, sin embargo, observar en varias ocasiones, a través del tono ligero y solemne con el que se explayaba rápidamente sobre asuntos de poca importancia, un cierto aire de inquietud, un

dation—a degree of nervous *unction* in action and in speech—an unquiet excitability of manner which appeared to me at all times unaccountable, and upon some occasions even filled me with alarm. Frequently, too, pausing in the middle of a sentence whose commencement he had apparently forgotten, he seemed to be listening in the deepest attention, as if either in momentary expectation of a visitor, or to sounds which must have had existence in his imagination alone.

It was during one of these reveries or pauses of apparent abstraction, that, in turning over a page of the poet and scholar Politian's beautiful tragedy "The Orfeo," (the first native Italian tragedy,) which lay near me upon an ottoman, I discovered a passage underlined in pencil. It was a passage towards the end of the third act—a passage of the most heart-stirring excitement—a passage which, although tainted with impurity, no man shall read without a thrill of novel emotion—no woman without a sigh. The whole page was blotted with fresh tears; and, upon the opposite interleaf, were the following English lines, written in a hand so very different from the peculiar characters of my acquaintance, that I had some difficulty in recognising it as his own:—

> Thou wast that all to me, love,
>   For which my soul did pine—
> A green isle in the sea, love,
>   A fountain and a shrine,
> All wreathed with fairy fruits and flowers;
>   And all the flowers were mine.
>
> Ah, dream too bright to last!
>   Ah, starry Hope, that didst arise
> But to be overcast!
>   A voice from out the Future cries,
> "Onward!"—but o'er the Past
>   (Dim gulf!) my spirit hovering lies,
> Mute—motionless—aghast!
>
> For alas! alas! with me
>   The light of life is o'er.
> "No more—no more—no more,"

grado de *unción* nerviosa en su habla y su actuar, una excitabilidad inquieta en su comportamiento que en ningún momento pude explicar y por instantes me alarmaba. Con frecuencia, también, pausaba en mitad de una oración que aparentemente había olvidado como había comenzado, parecía escuchar con la mayor atención, como si por momentos esperara visita o como si oyera sonidos que solo tenían lugar en su imaginación.

Fue durante uno de esos reveses o pausas de aparente abstracción, al pasar una página de la preciosa tragedia del poeta y académico Poliziano, «El Orfeo» (la primera tragedia en italiano nativo), que se encontraba sobre el otomano cerca de mí, que descubrí un pasaje subrayado con lápiz. Era un pasaje cerca del final del tercer acto, un pasaje emocionante que sacudía el corazón, un pasaje que, aunque teñido de impureza, ningún hombre puede leer sin ser sacudido por una nueva emoción, ni ninguna mujer sin soltar un suspiro. Toda la página estaba manchada por lágrimas frescas; y en la hoja opuesta se podían encontrar las siguientes líneas en inglés, escritas de forma tan distinta a la caligrafía de mi amigo, que me costó reconocerlas como suyas:

> Aunque fuiste todo para mí, amor,
>   todo lo que mi alma pudo alcanzar,
> una isla verde en el mar, amor,
>   una fuente y un altar,
> adornada con mágicas frutas y flores;
>   flores que eran mías nada más.

> Ah, ¡sueño demasiado brillante para durar!
>   Ah, esperanza estrellada que creció
> pero que no pudo perdurar.
>   Una voz desde el futuro gritó
> «¡adelante!», pero en el pasado, atrás,
>   flota mi espíritu en la sombra del limbo,
> paralizado, horrorizado y mudo.

> ¡Pero qué desgracia! Conmigo
>   la luz de vida se acabó.
> «Ya no más, no más»

> (Such language holds the solemn sea
> To the sands upon the shore,)
>   Shall bloom the thunder-blasted tree,
> Or the stricken eagle soar!
>
> Now all my hours are trances;
>   And all my nightly dreams
> Are where the dark eye glances,
>   And where thy footstep gleams,
> In what ethereal dances,
>   By what Italian streams.
>
> Alas! for that accursed time
>   They bore thee o'er the billow,
> From Love to titled age and crime,
>   And an unholy pillow!—
> From me, and from our misty clime,
>   Where weeps the silver willow!

That these lines were written in English—a language with which I had not believed their author acquainted—afforded me little matter for surprise. I was too well aware of the extent of his acquirements, and of the singular pleasure he took in concealing them from observation, to be astonished at any similar discovery; but the place of date, I must confess, occasioned me no little amazement. It had been originally written *London*, and afterwards carefully overscored—not, however, so effectually as to conceal the word from a scrutinizing eye. I say, this occasioned me no little amazement; for I well remember that, in a former conversation with a friend, I particularly inquired if he had at any time met in London the Marchesa di Mentoni, (who for some years previous to her marriage had resided in that city,) when his answer, if I mistake not, gave me to understand that he had never visited the metropolis of Great Britain. I might as well here mention, that I have more than once heard, (without, of course, giving credit to a report involving so many improbabilities,) that the person of whom I speak, was not only by birth, but in education, an *English-man*.

***

(estas palabras sostiene el mar
hasta la arena de la costa),
    ¿florecerá el árbol fulminado
o volará el águila golpeada?

Ahora mis horas son trances;
    y todos mis sueños nocturnos
son donde mira el ojo oscuro,
    y donde tus pasos se asoman,
en aquellas danzas etéreas,
    por los canales italianos.

¡Pero qué desgracia! Aquel tiempo maldito
    te llevaron hasta el oleaje,
desde el amor hasta la edad y el crimen,
    y un almohadón profano
lejos de mí y nuestro clima nublado,
    donde llora el sauce plateado.

El hecho de que estas líneas estuvieran escritas en inglés —idioma que no sabía que el autor conociera— me dejó algo sorprendido. Sabía bien de la magnitud de sus conocimientos y el particular placer que sentía al ocultarlos, por lo que no debería haberme sorprendido al descubrir esto; pero debo confesar que el lugar de expedición me asombró, y no poco. Fue escrito originalmente en *Londres,* para luego ser borrado —no lo suficiente, sin embargo, como para ocultar las palabras al ojo observador—. He dicho que me asombró, y no poco; ya que recuerdo que, en una conversación anterior con mi amigo, le pregunté si había visto en algún momento a la marquesa di Mentoni en Londres —quien vivió durante unos años en aquella ciudad antes de casarse—. Su respuesta, si no me equivoco, me dio a entender que él nunca había visitado la metrópolis de Gran Bretaña. Me es pertinente mencionar ahora que he oído más de una vez —por supuesto sin dar crédito a un informe tan improbable—, que la persona de quien hablo era *inglés* no solo por nacimiento, sino también por educación.

***

"There is one painting," said he, without being aware of my notice of the tragedy—"there is still one painting which you have not seen." And throwing aside a drapery, he discovered a full-length portrait of the Marchesa Aphrodite.

Human art could have done no more in the delineation of her superhuman beauty. The same ethereal figure which stood before me the preceding night upon the steps of the Ducal Palace, stood before me once again. But in the expression of the countenance, which was beaming all over with smiles, there still lurked (incomprehensible anomaly!) that fitful stain of melancholy which will ever be found inseparable from the perfection of the beautiful. Her right arm lay folded over her bosom. With her left she pointed downward to a curiously fashioned vase. One small, fairy foot, alone visible, barely touched the earth; and, scarcely discernible in the brilliant atmosphere which seemed to encircle and enshrine her loveliness, floated a pair of the most delicately imagined wings. My glance fell from the painting to the figure of my friend, and the vigorous words of Chapman's *Bussy D'Ambois*, quivered instinctively upon my lips:

> "He is up
> There like a Roman statue! He will stand
> Till Death hath made him marble!"

"Come," he said at length, turning towards a table of richly enamelled and massive silver, upon which were a few goblets fantastically stained, together with two large Etruscan vases, fashioned in the same extraordinary model as that in the foreground of the portrait, and filled with what I supposed to be Johannisberger. "Come," he said, abruptly, "let us drink! It is early—but let us drink. It is *indeed* early," he continued, musingly, as a cherub with a heavy golden hammer made the apartment ring with the first hour after sunrise: "It is *indeed* early—but what matters it? let us drink! Let us pour out an offering to yon solemn sun which these gaudy lamps and censers are so eager to subdue!" And, having made me pledge him in a bumper, he swallowed in rapid succession several goblets of the wine.

—Hay una pintura —dijo, sin saber que había yo notado la tragedia—. Hay una pintura que todavía no ha visto.

Entonces corrió una tela y descubrió un retrato a tamaño completo de la marquesa Afrodita.

El arte humano no podría haber hecho más en cuanto a la delineación de su belleza sobrehumana. La misma figura etérea que se hallaba parada ante mí en los escalones del Palacio Ducal la noche anterior estaba otra vez ante mí. Pero en la expresión de su semblante, que resplandecía con sonrisas, todavía acechaba —¡incomprensible anomalía!— aquella irregular mancha de melancolía que nunca se podrá separar de la perfección de su belleza. Su brazo derecho se doblaba apoyado sobre su pecho. El izquierdo apuntaba hacia abajo, hacia una curiosa vasija. Solo uno de sus pequeños pies de hada era visible y apenas tocaba el suelo. Apenas distinguibles entre la atmósfera brillante que parecía rodear y encuadrar su encanto flotaban un par de alas de las más delicadas que se puedan imaginar. Mi mirada cayó desde la pintura hasta la figura de mi amigo y las vigorosas palabras de la *Bussy D'Ambois* de Chapman temblaron en mis labios:

> ¡Está allí arriba
> cual estatua romana! ¡Se quedará allí
> hasta que la Muerte lo convierta en mármol!

—Venga —me dijo finalmente, volteando hacia una mesa de plata maciza y suntuosamente esmaltada, sobre la que había algunas copas con tintes fantásticos, junto a dos grandes vasijas etruscas, del mismo modelo extraordinario que la antes mencionada en el retrato, llenas de lo que supongo que era Johannisberger—. Vamos —dijo de forma abrupta—, ¡bebamos! Es temprano, pero bebamos. Es *en verdad* temprano —continuó, pensativo, mientras un querubín hacía sonar el lugar con un martillo dorado en la primera hora después del amanecer—. Es *en verdad* temprano, pero ¿qué más da?, ¡bebamos! Brindemos una ofrenda al solemne sol que estas lámparas y pebeteros tan vistosos están tan ansiosos por opacar. —Y, tras hacerme brindar con él, tragó en una rápida secuencia varias copas de vino.

"To dream," he continued, resuming the tone of his desultory conversation, as he held up to the rich light of a censer one of the magnificent vases—"to dream has been the business of my life. I have therefore framed for myself, as you see, a bower of dreams. In the heart of Venice could I have erected a better? You behold around you, it is true, a medley of architectural embellishments. The chastity of Ionia is offended by antediluvian devices, and the sphynxes of Egypt are outstretched upon carpets of gold. Yet the effect is incongruous to the timid alone. Proprieties of place, and especially of time, are the bugbears which terrify mankind from the contemplation of the magnificent. Once I was myself a decorist; but that sublimation of folly has palled upon my soul. All this is now the fitter for my purpose. Like these arabesque censers, my spirit is writhing in fire, and the delirium of this scene is fashioning me for the wilder visions of that land of real dreams whither I am now rapidly departing." He here paused abruptly, bent his head to his bosom, and seemed to listen to a sound which I could not hear. At length, erecting his frame, he looked upwards, and ejaculated the lines of the Bishop of Chichester:

> *"Stay for me there! I will not fail*
> *To meet thee in that hollow vale."*

In the next instant, confessing the power of the wine, he threw himself at full-length upon an ottoman.

A quick step was now heard upon the staircase, and a loud knock at the door rapidly succeeded. I was hastening to anticipate a second disturbance, when a page of Mentoni's household burst into the room, and faltered out, in a voice choking with emotion, the incoherent words, "My mistress!—my mistress!—Poisoned!—poisoned! Oh, beautiful—oh, beautiful Aphrodite!"

Bewildered, I flew to the ottoman, and endeavored to arouse the sleeper to a sense of the startling intelligence. But his limbs were rigid—his lips were livid—his lately beaming eyes were riveted in *death*. I staggered back towards the table—my hand fell upon a cracked and blackened goblet—and a consciousness of the en-

—Soñar —continuó, con el tono de su conversación inconexa, mientras elevaba a la luz de un pebetero una de las magníficas vasijas—, soñar ha sido uno de los propósitos de mi vida. Por eso construí, como verá, este aposento de sueños. ¿Podría haber erigido uno mejor en el corazón de Venecia? Puede ver a su alrededor, en verdad, una combinación de ornamentos arquitectónicos. La castidad de Jonia se ve ofendida por los artilugios antediluvianos y las esfinges egipcias se extienden en alfombras de oro. Sin embargo, el efecto es incongruente solo para los tímidos. Las normas del lugar, y en especial las del tiempo, son las pesadillas que aterran a la humanidad y le impiden contemplar lo magnífico. Yo mismo fui alguna vez un devoto del decoro; pero la sublimación de la necedad ha empalidecido mi alma. Todo esto es ahora mi propósito. Como estos pebeteros arabescos, mi espíritu arde en llamas y el delirio de esta escena me insta a las más salvajes visiones de aquella tierra de sueños reales a la que ahora me dirijo con rapidez. —Se detuvo abruptamente, inclinó la cabeza hacia el pecho y pareció prestar atención a un sonido que yo no podía oír. Tras un momento, irguiéndose, miró hacia arriba y soltó las líneas del obispo de Chichester:

¡Quédate allí! No dudes que nos encontraremos
en aquel valle vacío.

En el momento siguiente, confesando el poder que tenía el vino, se lanzó sobre el otomano.

Se oyeron entonces pasos rápidos en las escaleras, a los que rápidamente le siguió un fuerte golpe en la puerta. Me apresuraba a anticipar una segunda interrupción cuando un paje de la casa Mentoni irrumpió en la habitación y balbuceó, con una voz ahogada de emoción, las incoherentes palabras:

—¡Mi señora, mi señora! ¡Envenenada, envenenada! ¡Oh, la hermosa, la hermosa Afrodita!

Desconcertado, me dirigí con prisa al otomano para despertar al durmiente, para que oyera la estremecedora noticia. Pero sus extremidades estaban rígidas, sus labios lívidos, sus ojos centelleantes ahora centelleaban *muerte*. Me alejé tambaleándome hacia la mesa —mi mano cayó sobre una copa rota y negra— y la terrible y comple-

tire and terrible truth flashed suddenly over my soul.

ta verdad opacó de repente mi alma.

ROSETTA EDU

CLÁSICOS EN ESPAÑOL

Una habitación propia se estableció desde su publicación como uno de los libros fundamentales del feminismo. Basado en dos conferencias pronunciadas por Virginia Woolf en colleges para mujeres y ampliado luego por la autora, el texto es un testamento visionario, donde tópicos característicos del feminismo por casi un siglo son expuestos con claridad tal vez por primera vez.

Oscar Wilde escribe una sola novela, *El retrato de Dorian Gray*; ésta fue el objeto de una crítica moralizante mordaz por parte de sus contemporáneos que no pudieron ver que dentro de una trama perfectamente compuesta se escondía toda la tragedia del romanticismo. Cien años después no ha perdido su impacto original y sigue siendo un texto fundamental para los debates sobre la estética y la moral.

Otra vuelta de tuerca es una de las novelas de terror más difundidas en la literatura universal y cuenta una historia absorbente, siguiendo a una institutriz a cargo de dos niños en una gran mansión en la campiña inglesa que parece estar embrujada. Los detalles de la descripción y la narración en primera persona van conformando un mundo que puede inspirar genuino terror.

rosettaedu.com

EDICIONES BILINGÜES

En una atmósfera constante de misterio y amenaza, *El corazón de las tinieblas* narra el peligroso viaje de Marlow por un río (sin duda el Congo aunque no es nombrado en el relato) africano. Lo que el marino puede observar en su viaje le horroriza, le deja perplejo, y pone en tela de juicio las bases mismas de la civilización y la naturaleza humana.

Durante décadas, y acercándose a su centenario, *El gran Gatsby* ha sido considerada una obra maestra de la literatura y candidata al título de «Gran novela americana» por su dominio al mostrar la pura identidad americana junto a un estilo distinto y maduro. La edición bilingüe permite apreciar los detalles del texto original y constituye un paso obligado para aprender el inglés en profundidad.

En *La señora Dalloway* Virginia Woolf relata un día en la vida de Clarissa Dalloway, una señora de la clase alta casada con un miembro del parlamento inglés, y de un ex-combatiente que lucha contra su enfermedad mental. La innovación de la novela es la corriente de consciencia: Woolf sigue el pensamiento de cada personaje, siendo excelente a la hora de narrar emociones, asociaciones y sentimientos.

rosettaedu.com